# LA NOVIA DESCARRIADA

LA SERIE DE BRIDGEWATER - LIBRO 2

VANESSA VALE

Derechos de Autor © 2019 por Vanessa Vale

Este trabajo es pura ficción. Los nombres, personajes, lugares e incidentes son producto de la imaginación de la autora y usados con fines ficticios. Cualquier semejanza con personas vivas o muertas, empresas y compañías, eventos o lugares es total coincidencia.

Todos los derechos reservados.

Ninguna parte de este libro deberá ser reproducido de ninguna forma o por ningún medio electrónico o mecánico, incluyendo sistemas de almacenamiento y retiro de información sin el consentimiento de la autora, a excepción del uso de citas breves en una revisión del libro.

Diseño de la Portada: Bridger Media

Imagen de la Portada: Period Images

# 1

## 𝓛AUREL

Nunca había tenido tanto frío en mi vida. Mis dedos pasaron de fríos a dolorosos y ahora estaban entumecidos. Mis piernas estaban más calientes donde apretaban los costados del caballo. Me había arrojado la bufanda sobre la cabeza y la había atado debajo de mi barbilla hacía una hora, pero no ofrecía una protección real contra la nieve. Solo habían sido ligeras ráfagas cuando me fui del establo, pero ahora los copos eran gruesos y caían tan pesadamente que no podía ver nada delante de mí. El viento se había levantado y soplaba la nieve por todos lados; el frío mordía hasta la médula.

Estaba perdida. Completa y absolutamente perdida, lo que significaba que iba a morir. Virginia City era mi destino cuando me fui, un pueblo que estaba a solo dos horas a caballo desde casa, pero ya había estado fuera por mucho más tiempo, y no estaba a la vista. Por supuesto, no había nada a la vista. Mis pestañas estaban cubiertas de nieve y cada vez era más difícil permanecer despierta. Quedarme dormida sería una bendición, especialmente con mantas gruesas y calientes, un fuego crepitando y té caliente. Soñar como lo estaba haciendo no hacía nada para cambiar mi situación. Iba a morir. Tontamente.

Pero ¿qué se esperaba que hiciera? ¿Quedarme en la casa y dejar que papá hiciera un trueque conmigo como parte de un negocio? El señor Palmer había ofrecido la venta de sus tierras, junto con varios miles de cabezas de ganado, por mí. Sí, yo era el precio. Tal vez no todo, pero el hombre había hecho la propuesta financiera lo suficientemente razonable como para que papá se enganchara como un pez con un buen gusano gordo. Entonces, una vez que tuvo a mi padre ansioso, le dio el verdadero precio. La hija.

Viví en una escuela en Denver desde que tuve siete años, fui enviada lejos y olvidada durante catorce. Después, hace dos meses, en una carta mi padre me pidió que volviera. Pensé que, después de todo ese tiempo, mi padre me quería, y yo me aferré ingenuamente a esa esperanza. Mis ilusiones se hicieron añicos ayer, cuando el señor Palmer llegó a mi encuentro y ambos hombres me contaron su plan.

Fue entonces cuando me di cuenta de mi verdadero valor para papá. No era su *hija*, sino una yegua preciada que había vendido al mejor postor. Me mandó a buscar solo para que me casara con el señor Palmer y finalizara su trato. Iba a cambiarme por una franja de tierra, ganado y derechos de agua. Yo no fui nada para él todo este tiempo, porque fui yo quien mató a su esposa. Ella murió al darme a luz, así que fue mi culpa.

Los matrimonios por conveniencia ocurrían todo el tiempo en el Territorio de Montana. Una mujer no podría sobrevivir por sí sola sin un hombre; eso era un hecho. Ni siquiera había estado en Simms, y mucho menos en el Territorio de Montana. Había estado bajo la tutela de la escuela en Colorado. En cualquier caso, mi vida no me pertenecía; pero no sería un peón en las negociaciones de tierra de papá. Especialmente no cuando el precio, al menos para mí, era tan alto.

Mi futuro marido tenía al menos cincuenta años y tres hijos adultos, dos de los cuales estaban casados y vivían en Simms, el tercero en Seattle. Podría haber sido tolerable ser la esposa del hombre aun siendo más joven que sus hijos, pero era más bajo que yo, tenía un vientre que me recordaba al de un barril de whisky y más pelo en el dorso de sus manos que en su cabeza. Lo peor de todo era que le faltaban dientes, y los que le quedaban eran amarillos de tanto mascar tabaco. Y olía mal. El hombre era repulsivo. Si hubiera sido alto, guapo y viril, si hubiera hecho que mi corazón se acelerara y mis mejillas se ruborizaran con su presencia, eso habría sido otra cosa. Papá dijo que el trato estaba hecho, los contratos firmados. El único trámite legal que quedaba por resolver era adquirir una licencia de matrimonio, y como mañana sería domingo, se resolvería en el servicio de la iglesia de la mañana.

Así que en vez de casarme con el señor Palmer, iba a morir. Yo, Laurel Turner, decidí congelarme hasta morir antes que casarme con un viejo nada atractivo, poco interesante y con sobrepeso. Mi enojo hacia el hombre y la falta de consideración de mi padre por lo que yo quería me hicieron impulsar más al caballo. Quizás podría ver una luz, una casa, un edificio, cualquier cosa en esta tormenta helada donde pudiera buscar refugio. Entumecida, me limpié la mano sobre los ojos con incredulidad. ¿Eso era una luz? Un brillo amarillo, apagado y suave apareció brevemente a través de la nieve y luego desapareció.

La esperanza me atravesó y giré el caballo en esa dirección.

~

## MASON

—Conseguiré más leña por la mañana —le dije a Brody, quien estaba trabajando en su escritorio. Estábamos en el salón, el fuego en la chimenea calentaba la habitación y la casa más allá en la noche fría y amarga. El viento y la nieve sacudían las ventanas. Fui hacia una y halé la cortina gruesa. Todo lo que podía ver era mi propio reflejo y la nieve soplando de lado—. Imagino que la pila de leña estará enterrada para entonces.

Brody levantó la vista de unos papeles que estaba estudiando.

—¿La caja de la cocina está llena?

—La revisaré y encenderé la estufa antes de acostarme.

Mi amigo solamente asintió con la cabeza y regresó a su trabajo. No había mucha actividad de rancho que hacer en medio del invierno, más allá de asegurar que las vacas no se murieran en un clima como este o de atender a los caballos. Los días eran cortos, las noches largas. Solo los más valientes de los hombres sobrevivían en el Territorio de Montana, pero para mí, para Brody y el resto de nuestro regimiento, quienes construyeron el Rancho de Bridgewater, este era nuestro hogar.

Kane e Ian, tenían a su esposa, Emma, para ayudarles a pasar el tiempo, y con la notable forma en que le estaba creciendo la barriga, habían estado bastante ocupados. Andrew y Robert tenían a Ann y a su hijo pequeño, Christopher, para mantenerlos bien ocupados. Eran los solteros de Bridgewater los que padecían las largas noches de invierno solos. Suspiré, preguntándome si Brody y yo alguna vez conoceríamos a la mujer para nosotros. No era una tarea fácil encontrar una mujer que se casara con dos hombres, porque eso era lo que tendríamos —una esposa para los dos—. Esa era nuestra manera, la manera de los hombres de Bridgewater, encontrar a una mujer, hacerla propia, cuidarla, protegerla y poseerla por el resto de nuestras vidas.

Suspiré otra vez mientras me encogía de hombros dentro de mi abrigo de piel, me volteé el cuello y me puse guantes de cuero. Una mujer no aparecería esta noche, no importaba cuánto lo hubiera deseado. Cuando abrí la puerta trasera, una ráfaga de aire helado me golpeó con toda su fuerza, arremolinando la nieve en la cocina. Salí rápidamente, cerrando la puerta detrás de mí, para mantener el aire caliente dentro. En un clima más benévolo podría ver las luces de las otras casas en la distancia. Esta noche, sin embargo, no había nada más que blanco y negro.

Apilada bajo los aleros de la casa había una pila de leña lo suficientemente grande como para abastecernos durante el invierno. Tomé algunos troncos, los amontoné en mis brazos, entré, los llevé al salón y los dispuse en la chimenea.

—¿Necesitas ayuda? —preguntó Brody, aún en el trabajo.

Negué con la cabeza.

—Otro tronco aquí y otro en la cocina. Me iré a la cama cuando termine.

—Buenas noches —contestó Brody distraídamente, concentrado en su tarea.

Una vez más, en el exterior amargo, apilé más leña en mi antebrazo. Fue cuando recogí el último tronco cuando escuché a un caballo relinchando. Me detuve. Todos los caballos estaban en el establo durante la tormenta. No sobrevivirían a la intemperie en una noche como esta. Sin duda tendríamos una vaca o dos muertas por la mañana.

El viento se levantó mientras la nieve se deslizaba por mi cuello. Levantando los hombros, me estremecí por la frialdad en mi piel. Estaba escuchando cosas.

*Ahí.*

Lo escuché otra vez. Era un caballo. Esta vez el relincho sonó más como un grito. Lo había escuchado antes, era un caballo con dolor. Miré hacia afuera en la oscuridad, pero no podía ver nada. Ningún animal, no había nada a la vista, solo nieve. Nieve que estaba más arriba de mis tobillos; no había duda de que la acumulación se incrementaría durante la noche. Por la mañana estaría a la altura de mi cintura si el viento permanecía así. ¿Alguno de los otros hombres habría perdido un caballo? ¿Estaba el animal deambulando a la intemperie con este clima?

Puse la pila de leña atrás, abrí la puerta y le grité a Brody. Él vino rápidamente.

—Escuché un caballo. Voy a salir a buscarlo.

Brody estaba sorprendido.

—Eso es extraño. Podría ser el viento.

—Podría serlo —estuve de acuerdo—. Tengo que verificar. No quiero perder un animal por esto.

Levantó una mano.

—Necesitarás una linterna, y toma el rifle. —Fue hacia el estante de armas donde estaban seis rifles alineados verticalmente sobre la pared, listos para cualquier tipo de emergencia. En Bridgewater, siempre estaba la posibilidad del peligro. Brody tomó uno y verificó el cañón antes de pasármelo. Tomó otro para él mismo.

—Dame cinco minutos, después dispara una vez —le dije, asegurándome de saber en cuál dirección cruzar para regresar—. No iré muy lejos.

—No te pierdas. No quiero salir con este maldito clima para encontrarte. —Sonrió.

No podía culparlo. Yo tampoco quería salir con este clima. Pero sí había escuchado a un caballo. No lograría dormir si no lo verificaba.

Después de colgarme el rifle al hombro, me puse la bufanda alrededor del cuello otra vez y forjé un camino en el espesor de la nieve. Después de unos diez pasos, me detuve, escuchando. Viento, nada más que viento. Esperé. Allí. Me volví hacia el sonido, caminé en esa dirección. Un minuto, luego dos. Luego otro. Era lento, iba a la deriva, luchando contra el viento. Finalmente lo vi. El animal solo estaba a unos metros delante de mí, acostado de lado. Afortunadamente, tenía un pelaje oscuro, de lo contrario, podría no haberlo visto. Me agaché cerca de su cabeza, lo escuché respirar con dificultad, con los ojos muy abiertos y salvajes. El sudor le cubría el pelaje, incluso con este tiempo, y la nieve comenzaba a cubrirlo, a amontonarse sobre él. El sonido que se le escapó al animal era de dolor, casi un grito de tortura. Tenía una herradura, riendas que comenzaban a cubrirse de nieve. Una silla de montar. Significaba que había un jinete. En algún lugar.

Me puse de pie, corrí en un círculo rápido alrededor del animal y encontré una masa oscura en la nieve. Un hombre. ¿Estaba muerto? No sería una sorpresa, ni por el clima adverso ni por haber sido arrojado desde el lomo del caballo. Afortunadamente, la nieve profunda había amortiguado la caída. Mientras el caballo relinchaba sonidos agonizantes, puse mis manos sobre el abrigo oscuro del jinete silencioso. No era el físico ancho de un hombre lo que sentí, sino el de una cintura estrecha, de caderas acampanadas. ¡Una mujer! Santo cielo. Una mujer estaba a la intemperie con este clima.

La rodé sobre su espalda y sus senos turgentes quedaron debajo de mis palmas cubiertas por los guantes. Me di cuenta de que eran prominentes y exuberantes, incluso a través de las capas de ropa. Su cabeza estaba protegida por una bufanda bien ajustada, pero había estado tendida allí el tiempo suficiente para que la cubrieran unos centímetros de nieve. Ni siquiera sabía si estaba viva o muerta. No perdería el tiempo averiguándolo. Tenía que estar protegida del adverso clima y rápidamente.

El caballo, sin embargo, era otra cosa. Dejando a la mujer, volví hacia el caballo, miré sus patas delanteras. Allí, como sospechaba, había una fractura desagradable, y el hueso atravesaba la carne con un borde blanco dentado. Debió de haber pisado un pozo de perro en la pradera. No era infrecuente y, desafortunadamente, era mortal. Preparando el rifle, volví a la cabeza del caballo, acaricié su pelaje elegante y le apunté.

El disparo sonó en la noche, pero fue amortiguado por la nieve y el sonido soplado por el viento. Dudaba que cualquier otro hombre, además de Brody, escuchara el disparo. Si lo hubiera hecho, esperaría dos más, tres seguidos eran señal de una emergencia. Nadie se atrevería a salir con este clima de otra manera que era claramente mortal.

No podía perder más tiempo con el caballo; la mujer era ahora mi preocupación. Levantándola con facilidad, me di la vuelta y seguí las huellas hasta la puerta. Solo sería cuestión de tiempo antes de que desaparecieran. El viento no era tan fuerte al volver.

—Tan... frío —murmuró.

¡Estaba viva!

—Te tengo —respondí—. En apenas un minuto vas a estar bien caliente otra vez. Solo mantente despierta para mí, cariño.

—Tú... hueles bien —dijo con dificultad.

No pude evitar reírme con sus palabras. Claramente estaba fuera de sí porque ¿qué mujer admitiría eso en semejante aprieto?

Era una mujer liviana. Podía sentir sus curvas debajo de mis brazos. Fue su tranquilidad lo que hizo que apresurara mis pasos. ¡Finalmente! El brillo cálido de la linterna de la cocina apareció.

—Casi llegamos, cariño.

Empujé la puerta con mi pie. Una vez, dos veces.

Brody la abrió inmediatamente.

—Santos cielos —murmuró, dando un paso atrás para dejarme entrar.

—Aquí. Tómala.

Se la entregué a un Brody sorprendido. Sus ojos se abrieron de par en par cuando aludí a *ella* e incluso se abrieron más cuando él, también, sintió la forma de la mujer.

# 2

RODY

Me puse de pie en la cocina, sosteniendo a una mujer. Anonadado. Mason había salido porque creyó que había escuchado a un caballo —me imaginé que había sido el sonido engañoso del viento— y regresó con una mujer. Sí, seguramente era una mujer. El tamaño, la sensación de sus curvas suaves, incluso a través de su abrigo, no dejaban lugar a dudas. Estaba cubierta de pies a cabeza —botas, vestido largo, abrigo de lana, una bufanda que le cubría el rostro. No podía ver nada de su piel, solo podía *sentir* su feminidad. Su atuendo no estaba a la altura de las inclemencias del clima. ¿Qué estaba haciendo afuera en esta tormenta? ¿Por qué estaba aquí, en Bridgewater? ¿De dónde había salido?

—¿Está muerta? —le pregunté a Mason, quien se quitó los guantes y el abrigo. Estaba helada y la nieve que la cubría empezó a humedecer mi camisa.

—No —respondió, respirando con dificultad.

Su respuesta me impulsó a la acción. Dando la vuelta, la puse suavemente sobre la mesa grande de la cocina y empecé a deshacerme de sus capas de ropa.

Le quité la bufanda húmeda de la cabeza, desenrollándola y dejándola caer al suelo, y ella gimió. Me hizo hacer una pausa.

—Solo quiero dormir —murmuró.

Su rostro estaba pálido, muy pálido, y sus labios estaban despojados de todo color. Si se dormía ahora, podría morir. Teníamos que calentarla y mantenerla despierta.

—Oh, no. Dormir no —le dije.

Su cabello era de un rojo ardiente, llevaba un moño en la nuca y mechones salvajes que caían sobre su rostro, con las puntas de algunos cubiertos de nieve y hielo. Le toqué la mejilla. Estaba fría como el hielo.

—Mmm —dijo ella e inclinó su cabeza sobre mis dedos.

Miré a Mason, quien se había acercado para ponerse de pie enfrente de mí, con la mujer entre nosotros sobre la mesa.

—Busca una manta en la otra habitación. Colócala sobre la estufa para calentarla. No está demasiado caliente ahora como para quemar.

La vida de esta mujer estaba en nuestras manos. Me dirigí hacia sus pies para quitarle las botas, pero el hielo había endurecido los cordones. Tomé un cuchillo grande de cocina y corté a través de ellos. Arrojé el cuchillo a la estufa con un ruido, tirando de una bota y luego de la otra.

—Espera —gritó ella, moviéndose sobre la mesa—. ¿Qué estás haciendo? —Sus ojos se abrieron y me miró, confundida y perdida. Sus ojos eran muy verdes, muy claros.

—Tienes frío y estás mojada, y algunas de tus ropas están cubiertas de hielo. Necesitamos calentarte.

No esperé más para discutir al respecto; era un asunto de vida o muerte. Después siguieron sus medias pesadas, atadas con una cinta justo encima de sus rodillas.

Mason regresó con dos mantas, colocó una sobre la estufa y la otra en la silla a su lado. Sacó el otro calcetín hábilmente mientras yo desabrochaba los botones de su abrigo.

—¿Quién eres? —preguntó ella, empezando a temblar. Esa era una buena señal.

—Me llamo Brody y estás en nuestras tierras. Mason te encontró.

—Gracias —dijo ella—. Pensé que moriría allá afuera.

—No vas a morir con nosotros, cariño —le dijo Mason—. Pero vamos a tener que quitarte tu ropa.

Miró entre nosotros mientras negó con la cabeza.

—No, lo haré yo misma. —Sus dedos se acercaron a los botones de su abrigo—. No... no puedo sentir mis dedos. Están entumecidos.

—Déjanos ayudar. —Aparté sus manos amablemente y terminé la tarea por ella.

—Jesús, eres hermosa —murmuró Mason, ayudándome a levantarla y a deslizar el abrigo por sus brazos.

—No creo que haya visto un cabello de ese color alguna vez —respondí.

—Es rojo —refunfuñó.

Pronunció las palabras como si el color fuera terrible. Era como fuego, con oro y bronce mezclados. En las partes que estaba mojado se veía más oscuro, aunque estaba claro que era bastante rizado, incluso con toda la longitud metida dentro de un moño.

Mason levantó la parte superior del cuerpo de la mujer mientras yo desabrochaba los botones del frente de su vestido.

—Ustedes no deberían estar...

—¿Cómo te llamas? —preguntó Mason.

—Laurel.

—Laurel, tu ropa está mojada y debes calentarte. ¿No tienes frío?

Asintió con la cabeza y otro escalofrío la sacudió.

—Entonces déjanos cuidarte —la tranquilicé—. Estás a salvo con nosotros.

Comencé una vez más, pero rápidamente me sentí frustrado porque me llevaba demasiado tiempo, así que tiré de la tela y los botones saltaron por toda la habitación. Debajo llevaba un corsé y lo liberé.

—Esto no es apropiado. Yo nunca... tengo frío. —Estaba confundida, cansada y claramente afectada por el frío. Su modestia era una señal de que estaba pensando con cierta claridad, pero su necesidad de calor superaba su ansiedad.

—Shh, está bien. Te calentaremos en tan solo un minuto —le dijo Mason, yendo a la estantería y vertiendo una pequeña cantidad de whisky en una copa—. Toma, bebe esto. —La sostuvo con su brazo mientras le llevaba la copa a los labios. Tomó un sorbo, luego tosió e hizo un gesto de dolor al probar el sabor picante—. Más. —Ella negó con la cabeza, pero él insistió y pudo conseguir que tragara dos veces—. Buena chica.

Debajo del corsé, estaba cubierta —apenas— por una blusa delgada. La mitad inferior del vestido estaba ahora empapado, la nieve que se había adherido antes ahora se derretía en la cálida habitación. La lana de color verde oscuro acentuaba el color de su cabello y hacía su piel aún más pálida. Mientras Mason la sostenía, bajé la prenda por sus caderas hasta el suelo.

—Mierda.

No podría haber estado más de acuerdo con Mason.

Estábamos en un gran problema aquí. Nuestras miradas se encontraron sobre la cabeza de la mujer. La habíamos estado esperando. Era *la indicada*. Apenas estaba viva y yo sabía que era así. ¿Cómo? No tenía ni idea, pero lo sabía hasta la médula de mis huesos.

Miré a mi amigo y este asintió con la cabeza.

El alivio me atravesó con su confirmación tácita.

La piel de su pierna estaba helada bajo mis dedos.

—Ya casi termino, cariño.

—Sus dedos de las manos y de los pies no están negros, así que la congelación no se ha instalado. Gracias a Dios —murmuró Mason.

Halé el borde de su blusa.

—Esto está húmedo. Se tiene que ir.

—No, necesito mi ropa —respondió ella, intentando mantener la blusa abajo.

Mason frotó su cabello con una mano.

—Shh, tenemos una cobija tibia para ti.

—Oh —gimió. Claramente, pensarlo le pareció atractivo.

—Nada de ropa húmeda, cariño. Te quitaremos la blusa mojada y después te vamos a envolver en una cobija tibia. —Intenté que mi voz sonara lo más suave posible, pero yo no era conocido por mi gentileza. Laurel lo requería, sin embargo, así que la modulé por ella.

Rápidamente la desnudé y no pude evitar mirar su deliciosa forma antes de que Mason la envolviera con el edredón, frotándola con el suave material para calentarla más rápidamente.

—Eso se siente tan bien —suspiró mientras se acurrucaba en el pecho de Mason desde su posición en la mesa. No era tan pequeña como parecía en mis brazos. Estimaba que sería de altura media, y con curvas amplias. No había huesos prominentes en ella, solo senos voluminosos, con pezones bien marcados y de color coral pálido. Los había visto en los segundos antes de que la cubriera. Asimismo, vi sus caderas, exuberantes y llenas como si estuvieran hechas para que las manos de un hombre las agarraran. Incluso había echado un vistazo al vello que protegía su vagina. Era un tono más oscuro que el cabello de su cabeza, un contraste sorprendente con su piel pálida y la carne rosada que se asomaba.

Mason la levantó en sus brazos y ella apoyó su cabeza contra su hombro mientras la llevaba a la sala. Se sentó en la silla directamente cerca del fuego mientras yo lo seguía con la manta caliente. Desdoblándola, la puse alrededor de la mujer hasta que estuvo cubierta por completo, solamente su rostro se mostraba. Gotas de sudor cubrían la frente de Mason, lo que significaba que su calor irradiaría hacia ella. Tomé asiento frente a ellos, me incliné hacia adelante con mis antebrazos sobre mis rodillas.

—¿Así está mejor? —preguntó Mason.

—Sí, eres tan cálido... Me salvaste.

—Te mantendremos a salvo, cariño —la tranquilizó Mason, acariciándole la mejilla con la parte posterior de sus nudillos—. Su color está mejor —me dijo él.

El rosa teñía sus labios ahora en vez del azul. Una buena señal. Sus ojos se cerraron.

—Estoy tan cansada —dijo ella. Lo más probable era que el whisky ayudara con eso.

—Duerme ahora. Te tengo. Brody y yo te cuidaremos.

—¿Estoy a salvo? —preguntó ella, con su voz suave.

Mason besó la parte superior de su cabeza.

—No dejaremos que te pase nada.

Los dos la observamos durante un minuto. Sus músculos se relajaban mientras se sumergía en el sueño. Había pasado cualquier peligro y necesitaba calentarse y descansar.

—Escuché un disparo —bajé la voz.

Mason levantó la mirada de la mujer para encontrarse con la mía.

—Ella estaba montando a caballo. Parece que el animal entró en un agujero, se rompió la pata. Ella fue arrojada. Un montón de nieve suavizó su caída. Tuve que sacrificar al animal.

—¿Qué tan lejos de la casa?

Negó con la cabeza, considerándolo.

—A unos cien metros, quizás un poco más lejos. No podía ver nada allá afuera para saberlo. Seguí mis huellas de regreso.

—Me pregunto de dónde vino, y ¿por qué demonios estaba afuera en esto? —Bajé la mirada hacia ella. Pestañas largas rozaban sus mejillas pálidas.

—Tendremos bastante tiempo para encontrar las respuestas. Por la forma en que está soplando esta tormenta, no se va a ir a ningún lado por un tiempo.

—No va a ir a ninguna parte. Nunca. ¿Estás de acuerdo?

Mason asintió.

—Estoy de acuerdo.

## LAUREL

Acurrucada cálidamente en mi costado, me resistía a despertar. Miserable como había estado agarrando las riendas del caballo, estaba en lo cierto al quedarme dormida. El frío se había ido. Mis dedos de las manos y de los pies ya no estaban entumecidos. La nieve y el viento ya no me picaban las mejillas. Mi ropa ya no estaba mojada. De hecho, ya no llevaba ropa. ¿Entonces por qué estaba tan caliente? Algo duro me presionaba contra la espalda mientras algo caliente tocaba mi frente.

Me estiré y me tropecé con un sólido, muy cálido y ligeramente peludo...

Mis ojos se abrieron y allí, a solo unos pocos centímetros de mi rostro, había un hombre. Cabello rubio que se había saltado un corte por unos meses, ojos azules, labios llenos.

—¡Oh! —jadeé y retrocedí, y mientras me daba la vuelta me sorprendió encontrarme cara a cara con otro hombre. Mi corazón saltó a mi garganta—. ¡Oh!

¡Unos hombres me rodeaban! Todo regresó apresuradamente. Caer en la nieve, ser llevada dentro, estos hombres hablándome, quitándome la ropa mojada, calentándome. Recuerdo el whisky, la manta caliente y que me sostuvieran. Me sentí segura en los brazos del hombre, muy cálida y reconfortada. Se habían preocupado por mí y se habían concentrado únicamente en calentarme. Habían sido... amables y protectores.

—Todo está bien, estás a salvo. —El hombre al que ahora me enfrentaba tenía el cabello corto y negro, una barba bien recortada y unos ojos igualmente oscuros. Su voz era profunda, pero el tono era tranquilizador. Y él estaba en mi cama.

—No te haremos daño —dijo el otro hombre. Me di la vuelta para mirarlo por encima de mi hombro—. ¿Nos recuerdas de anoche? —Sostuvo mi mirada y asentí. Hablaban con acentos inusuales, nada que se escuchara en la zona normalmente. Nadie que yo hubiera conocido. No me di cuenta de eso la noche anterior, pero no estaba completamente coherente.

No podía quedarme aquí. Necesitaba levantarme, irme

de este lugar. Esto no era apropiado, estar en la cama —desnuda— ¡con dos hombres extraños!

Me senté, con ambos hombres tumbados de costado frente a mí. Mi movimiento expuso la extensión de sus hombros anchos, sus pechos desnudos y sus brazos musculosos. Colocar la sábana y la manta sobre mis senos para mantener mi modestia no hizo nada por cubrirme la espalda. Sentí aire frío en mi piel y observé cómo sus miradas bajaban.

—¡Oh! —Me puse de rodillas e intenté arrastrarme desde la cama entre ellos, solo para darme cuenta rápidamente de dos cosas simultáneamente. La primera fue que sujetaron la ropa de cama de forma segura, impidiendo que me moviera. La segunda era que yo les estaba mostrando mi trasero, y si podían verlo, podían ver mi feminidad.

Podría haberme levantado de la cama, pero me di cuenta de que, si lo hacía, no tendría nada para cubrir mi desnudez. No podía salir corriendo de la habitación tal como estaba. Así que no tuve otra opción que acostarme de nuevo, halando la manta debajo de mi barbilla con un pequeño chillido. Decidí intentar hablar para salir de esta situación vergonzosa.

Necesitaba quedarme en la cama para mantener mi virtud. *Ellos* debían irse. Les dije eso.

—No. —El rubio negó con la cabeza lentamente. Sus ojos tenían párpados pesados y sus mejillas habían tomado un color rojo—. Estabas casi congelada cuando Mason te encontró. Casi muerta. Te calentamos y te vigilamos toda la noche. —Su voz era áspera mientras me miraba fijamente. No, estaba mirando mis labios.

—Tenemos que asegurarnos de que estés bien, porque te dormiste sobre nosotros. —El de cabello oscuro apoyó su cabeza sobre su codo y me miró, la manta no cubría su cuerpo tanto como cubría el mío. Una sombra de vello oscuro cubría su pecho y me preguntaba si sería suave al tacto. Se estrechaba y se juntaba en una línea que le llegaba hasta el ombligo antes de ser cubierta—. ¿Te golpeaste la cabeza cuando te caíste? ¿Tienes dolor en alguna parte? Tus dedos de manos y pies, ¿están entumecidos?

Al darme cuenta de que mis ojos estaban vagando inapropiadamente, levanté la mirada para encontrarme con la suya.

—Estoy bastante bien ahora, gracias. No hay ningún daño —respondí, tratando de distraerlo de mis acciones.

No funcionó. Sonrió muy conscientemente. Me había atrapado. Mis mejillas se ruborizaron ardientemente. En vez de tener frío, estaba más que caliente. Estos hombres eran como estufas de hierro fundido, con mucho calor irradiando de ellos. Con la manta se estaba volviendo demasiado intenso, pero *no* podía bajarla.

Levantó una mano hacia mi rostro y me estremecí mientras sus dedos se movían suavemente sobre mi cabello. No se detuvo mientras hablaba.

—Shh, no tengas miedo.

—Me llamo Mason —dijo el barbudo. Su mano se deslizó debajo de la manta y me quedé inmóvil cuando sus dedos calientes rozaron mi hombro—. Y ese idiota es Brody.

—¿Cómo estás? —pregunté amablemente, después me aclaré la garganta—. Muchas gracias por rescatarme, pero debo irme —hablé como si ellos estuvieran bloqueando la puerta del mercantil, no como si me estuvieran rodeando en una cama.

La mano firme de Mason sobre mi hombro era insistente, aunque gentil. Brody seguía tocándome el cabello, como si nunca antes hubiera visto el color. Su tacto era tan tierno como había sido la noche anterior; sus voces me calmaban de una manera que nunca había conocido. Todo era sorprendente para mí, sobre todo la ternura que encontraba en dos extraños.

—¿Por dónde es eso? —La frente de Mason se elevó por la duda.

—Yo... um, bueno, hacia Virginia City.

Brody frunció el ceño, con su mano quieta en mi nuca.

—Eso está a varias horas de Simms, y estamos más al norte.

—Entonces debo darme prisa con lo tarde que voy. —Yo era una mentirosa terrible, especialmente bajo presión. Estar desnuda en la cama con dos hombres ciertamente era bajo presión.

—¿Alguien te está esperando? Nadie supondría que viajarías en una ventisca así —comentó Mason—. Pensarán que estás a salvo en casa y esperarán tu llegada después de que las carreteras sean transitables.

Las manos de ambos hombres se estaban moviendo sobre mí una vez más, la de Mason se deslizaba hacia arriba y abajo de mi brazo, Brody lo imitaba con la otra. Me aferré a la ropa de cama por el cuello y traté de ignorar cómo se sentían sus manos. Nunca antes un hombre me había tocado así, con ropa o sin ella. Por supuesto, nunca había estado en una cama con un hombre, mucho menos con dos.

La mano de Mason se detuvo en mi codo.

—¿Un esposo? ¿Estaba viajando contigo? No encontré a nadie más.

Brody dejó de moverse ante la pregunta y ambos me miraron atentamente.

Podía mentir y decir que estaba casada, pero entonces tendría que crear un esposo y por eso era que había huido en primer lugar. O se aventurarían a salir en el clima peligroso e inclemente para encontrar a una persona imaginaria debido a una mentira.

Además, no quería que pensaran que era una mujer perdida, que se acostaba en la cama con hombres todo el tiempo. Esta situación era... muy irregular.

—Oh, no. Ningún esposo. Sería muy inapropiado que estuviera casada con uno mientras estoy en la cama con otros... dos.

Ambos hombres se relajaron visiblemente y sus manos comenzaron a acariciar mi piel de nuevo, causándome piel de gallina. Sus movimientos tenían la intención de ser tranquilizadores, pero era bastante difícil relajarse en una situación como esta.

—Um... ¿dónde estoy?

—En Bridgewater. Este es nuestro rancho.

—¿Por qué estoy en la cama contigo? —¿Cómo pronuncié esas palabras con delicadeza?— ¿Con... los dos?

# 3

## ℒ AUREL

Recordé que estaba envuelta en una manta caliente y metida cómodamente en uno de sus regazos. Recuerdo una mano acariciándome la mejilla, el cabello, un beso en la parte superior de la cabeza. Se había sentido tan bien, en el fondo sabiendo que estaba a salvo. Incluso ahora, entre estos dos me sentía segura. Aun así, pensarían que era atrevida.

—Además de ser inapropiado, esto es bastante extraño.

—Aquí en Bridgewater, no es extraño que una mujer sea atendida por dos hombres. De hecho, es la norma. Así es en los caminos del Este, donde una mujer tiene varios esposos.

¿*Varios* esposos?

—Nunca he oído hablar de semejante cosa —respondí.

—Como puedes notar por nuestros acentos, somos británicos. Estábamos destinados a Mohamir con nuestro regimiento. Era la norma cultural allí. El matrimonio protege a la mujer. La mantiene a salvo y querida, con varios hombres que la posean —explicó Mason.

—Apreciar a una mujer es el trabajo de su esposo —agregó Brody.

Me sentí obscenamente incómoda. Añadir la sorprendente historia de múltiples esposos hizo que la situación fuera aún más inusual.

—¿Ustedes dos comparten una esposa? ¿A ella no... um, le parecerá raro que estén en la cama conmigo? ¿O eso también es una norma cultural?

Los ojos de Mason se entrecerraron.

—Perdonaré tus palabras por ignorancia, pero no pienses en deshonrar nuestro carácter, nuestro honor, insinuando que avergonzaríamos a una esposa por estar en la cama con otra mujer.

—Estamos solteros. Sin esposa —aclaró Brody.

¿Entonces eso hacía que fuera razonable que estuvieran en la cama conmigo? Este era un tema de conversación que no solo era desconocido, sino también muy incómodo.

—Si tan solo pudiera obtener mi ropa, y tal vez si fueran tan amables de ofrecerme una comida sencilla, podría dejarlos volver a sus tareas. —Solo necesitaba alejarme de estos hombres guapos. Sus tactos deberían haber sido repulsivos, como la idea de las manos del señor Palmer sobre mí, pero no lo fueron. De hecho, estaban teniendo un efecto totalmente diferente. Se sentían bien. Suaves. Calientes. Amables. *Muy* atentos.

—Todavía está nevando y no es seguro para viajar. Te acabamos de salvar del frío, cariño. No nos inclinamos por dejarte salir una vez más. Además, tu caballo... siento decirlo, tuve que sacrificarlo. —La voz de Mason fue suave y él me observaba atentamente. La preocupación le hizo fruncir el ceño.

En mi distracción, me había olvidado del animal.

—El caballo, oh. ¿Qué ha pasado?

—Parece que se metió en un agujero. Estaba cubierto de nieve y era probable que sucediera. Se rompió la pata. Fueron sus gritos de dolor los que escuché cuando salí a buscar más leña.

—El caballo te salvó la vida —añadió Brody.

Pobrecito. Debería haber estado a salvo en el establo con un cubo de avena y, sin embargo, se había aventurado conmigo porque yo quise huir. Ahora estaba muerto, y todo porque yo había salido estúpidamente con el mal tiempo. Las lágrimas anudaron mi garganta y me picaron en la parte de atrás de los ojos. No me habían dado otra opción. Si me hubiera quedado en la cama, lo más probable era que estuviera en la iglesia ahora mismo con el señor Palmer. No importaba hacia dónde dirigiera mi mente, solo había crisis. El señor Palmer. Dos extraños en una cama. El caballo herido. Morir. Todo era demasiado. Empecé a llorar. Brody me giró y me acercó, para dejarme llorar en su hombro. Sus manos subieron y bajaron suavemente por mi espalda y ambos hombres me susurraron algo. Aunque mi llanto era demasiado fuerte para que pudiera escuchar sus palabras, era tranquilizador.

La piel de Brody estaba caliente contra mi rostro, los vellos pálidos de su pecho me hacían cosquillas en la nariz. Su aroma era limpio, oscuro. Masculino. Manos me recorrieron el cabello e inclinaron mi cabeza hacia atrás. Unos labios suaves rozaron mi frente, mis mejillas y mi mandíbula y luego se posaron sobre mi boca.

¡Me estaban besando!

Sus labios eran cálidos, suaves y me rozaron suavemente

antes de que su lengua lamiera la comisura de mi boca. La sorpresa me hizo jadear, lo que permitió que la lengua de Brody se metiera dentro y tocara la mía. Mis manos vagaban sobre su duro y cincelado pecho. Sus manos se deslizaron por mi espalda para tocar mi trasero. No. Eso no podría ser posible porque sus manos estaban en mi cabello. Entonces eso significaba...

Mason.

Brody inclinó mi cabeza hacia un lado y me saqueó la boca. No había otra palabra para describirlo. Mis sentidos también. Nunca antes me habían besado, y me había imaginado que sería un pico seco y serio. Sin lengua. No tenía ni idea de que un hombre besara con la lengua en la boca. Era... increíble.

¿Por qué me estaba sintiendo así? No debería estar toda caliente, con hormigueo y ansiosa por estos hombres. Estos *extraños*. Pero no se sentían del todo extraños, pues, aunque estuve bastante confundida y apática la noche anterior, podía sentir que me cuidaban, me protegían. Me calentaban. Me habían abrazado y me habían hecho sentir segura, lo suficientemente segura como para quedarme dormida en los brazos de un extraño. Un extraño era alguien desconocido, alguien con quien mantener una distancia prudente y cautelosa. Con estos hombres, no había distancia. El recelo estaba ahí, pero no era por los hombres, sino por lo que me hacían sentir. Halando mi cabeza hacia atrás, inspiré el aire hacia mis pulmones que Brody me había quitado al besarme.

—Tenemos que parar. Esto... esto no está bien. Se siente...

Sentí algo más que la sonrisa de Brody.

—No, cariño, esto está muy, muy bien. ¿No se sintió bien

cuando te abracé anoche? ¿Recuerdas que te dije que estabas a salvo con nosotros?

Asentí con la cabeza.

—Todavía estás a salvo. Te seguiremos cuidando, pero aquí en esta cama, te cuidaremos de diferentes maneras. —Sus pulgares se movieron para frotar las manchas de lágrimas de mis mejillas antes de bajar su boca a la mía una vez más. Mason se acercó para que su frente estuviera en mi espalda, sus labios se deslizaron sobre mi hombro. Sentí la suave cerda de su barba contra mi piel. Completamente diferente a la boca de Brody. Su mano descansaba sobre mi cintura.

No sé de quién era el tacto. Sus manos estaban en todas partes. Una mano fue detrás de mi rodilla y levantó la parte superior de mi pierna sobre la cadera de Brody, acercándola y sujetándola. El agarre no se soltó.

Un dedo pasó por encima de mi feminidad y grité sorprendida. Intenté cerrar las piernas, pero la mano de Brody —tenía que ser la suya— me sujetó con firmeza.

—¿Qué... qué estás haciendo? —pregunté contra la boca de Brody. Su sabor era tan atractivo como su aroma; la combinación suavizó mi resistencia y los músculos de mi cuerpo.

—Estoy jugando con tu vagina —murmuró Mason mientras mordisqueaba en el lugar donde se encontraba mi hombro con mi cuello. Su barba era suave y raspaba contra mi piel.

Un gemido se escapó de mis labios.

—¿Por... por qué querrías tocarme allí?

—Nos ofreciste un pequeño vistazo y no pude resistirme. Esos bonitos rizos rojos solo muestran una pizca de los labios de tu vagina.

Sus palabras eran carnales, groseras. Honestas. Pero no

pude pensar más en eso. De alguna manera, su dedo —un solo dedo contundente— me estaba haciendo cosas que me hacían desearlo.

Una mano me cubrió el pecho.

—Ah, Mason, te van a encantar sus senos. Tan llenos, y su pezón, justo se apretó contra la palma de mi mano.

—No puedo esperar, pero estoy ocupado con su vagina. Está goteando, empapada.

Me quedé inmóvil alarmada.

—¿Estoy mojada? ¿Qué está goteando? Algo está mal. No. Deberías parar.

—Cariño, no hay nada mal contigo. —Los dedos de Brody halaron mi pezón y arqueé la espalda hacia él—. Estás excitada y tu vagina está lista para un pene.

Negué con la cabeza.

—No. Penes... no. Soy virgen. No puedo permitir eso, no —balbuceé.

—Nada de penes hasta que estés casada —dijo Mason, con su voz profunda—. Nada en tu vagina, en absoluto, hasta entonces.

Mis músculos se relajaron.

—Entonces hemos terminado.

Brody echó su cabeza hacia atrás lo suficiente para que pudiera ver su rostro. Ojos pálidos que mostraban ternura, impaciencia. Necesidad.

—Estamos lejos de terminar.

Cuando Brody dijo eso, Mason me tocó en un lugar que se sentía como si me hubiera caído un rayo y un calor abrasador me atravesó el cuerpo.

—Oh, Dios mío —gemí.

—Su clítoris está duro.

—Sus pezones se apretaron en mi mano. Hazlo de nuevo.

Los hombres hablaban de mi cuerpo como si les perteneciera, como si fuera de ellos para que lo tocaran y trabajaran. Porque con toda seguridad estaban trabajando mi cuerpo. No tenía idea de que tales sensaciones podían ser provocadas. Y allí, entre mis muslos, estaba mojada. El sonido del dedo de Mason deslizándose a través de estos sonaba fuerte en la habitación. Cuando su dedo volvió a rozarme allí, en mi clítoris, como lo había llamado él, mis ojos se cerraron y mi cabeza cayó hacia atrás contra su hombro. De repente, me sentí sobrecalentada.

—Ves, tan perfecto —comentó Brody, continuando su juego con mi pezón.

Mason besó la longitud de mi cuello y me dio escalofríos. No sabía que podía temblar y estar tan caliente a la vez. ¿Cómo una barba podía ser tan... carnal? Debía de haber estado mirando lo que hacían las manos de Brody.

—Preciosa. Tan receptiva. Pellízcalo.

Brody lo hizo y gemí. La sensación era una mezcla de dolor y placer.

—A ella le gusta un poco de dolor —comentó Brody.

Estaba perdida. Completa y totalmente perdida por lo que fuera que estos dos hombres me estaban haciendo. Sabía que estaba mal; los profesores de la escuela me habían dicho que no sucumbiera a las atenciones de un hombre; sabía aún más que *dos* hombres no deberían estar tocándome de esa manera, en absoluto. Pero no había nada que pudiera hacer, excepto sucumbir, no porque pensara que no se detendrían, porque en el fondo sabía que estos hombres suspenderían sus atenciones si yo realmente lo deseara. Solo podía rendirme porque se sentía... tan... bien. El dedo de Mason seguía pasando por encima de mi clítoris, frotando el lado de este de una manera que me hacía mover las caderas como si tratara de alcanzar algo. Mi boca se abrió y se me escapó el aliento en pequeños jadeos.

—Es demasiado. Oh. ¡Por favor! —Me puse rígida en sus brazos, no estaba familiarizada con las sensaciones abrumadoras que ellos extraían de mi cuerpo. Nunca antes me había sentido así. Estaba fuera de control, mi cuerpo trepaba y trepaba hacia... algo y era aterrador. Arañé los brazos de Brody.

—Eso es, cariño. Shhh. Te tenemos. Vas a correrte y estaremos aquí para atraparte —murmuró Brody.

—Estás a salvo —añadió Mason mientras trabajaba mi clítoris con más vigor aún. No podía soportarlo más. Sus palabras, abrazarme, mirarme, mantenerme a salvo, ayudaron. Me relajé lo suficiente y el placer fue tan intenso que me rompí en un millón de pedazos. Era como si mi cuerpo se hubiera mantenido unido y sus tactos me hubieran destrozado. No podía hacer nada más que sucumbir. La sensación fue absolutamente increíble y no quería que terminara nunca.

# 4

# Mason

Ella se desmoronó en nuestros brazos maravillosamente. Su excitación caliente, pegajosa cubrió mi mano. Me moví y atraje a Laurel hacia mí para que volviera a estar de espaldas entre nosotros. Apoyado en mi codo, levanté mis dedos, aún goteando, hacia mi boca y lamí su esencia de las puntas. Su sabor era tan dulce que se me hizo agua la boca con el deseo de deslizarme por su cuerpo y saborear su excitación directamente de la fuente. Mi pene estaba tan duro que palpitaba, desesperado por hundirse en ella, por reclamarla. Pero ahora no. Tendría que esperar. *Tendríamos* que esperar. Como ella dijo, estaba guardando su virginidad hasta el matrimonio. Eso sucedería tan pronto como el tiempo se despejara y pudiéramos traer al juez de paz o al ministro al rancho para pronunciar los "sí, acepto", ni cinco minutos más.

La manta se había deslizado por su cuerpo mientras

gritaba, yo se la había colocado hasta la cintura cuando Brody la distraía con su juego de pezones. Su piel era tan pálida que se podían ver venas de color azul pálido, tan suave como la seda, que tenía miedo de estropearla con mis palmas callosas. Cuando inadvertidamente nos mostró su culo y un indicio de su vagina, casi me vine ahí mismo. Su cabello era del tono rojo más ardiente. En todas partes.

Y ahora, ahora yacía con los ojos cerrados, repleta, una pequeña sonrisa curvaba sus labios llenos, completamente inconsciente de todo lo que no fuera su primer orgasmo, incluso del hecho de que estaba desnuda hasta la cintura. No había duda de que había sido su primer placer. Había tenido tanto miedo por ello, que estaba demasiado abrumada por la intensidad como para que le resultara familiar.

Su cabello era un enredo en la almohada, tan largo, tan grueso. Sus pestañas tan largas, sus... Me estaba convirtiendo en un romántico, todo por la vista de una mujer desnuda. Ella no era la primera que veía, pero sí la última. Era nuestra.

—¿Qué fue eso? —preguntó ella, su voz tan suave y lenta como la miel.

—Esos eran tus hombres complaciéndote.

Sus ojos se abrieron y el pánico se encendió en el momento en que regresó a sí misma. Al momento siguiente fue cuando se dio cuenta de que estaba descubierta hasta la cintura. Decir que sus pechos eran preciosos era quedarse corto. Eran grandes, fácilmente un puñado, con pezones regordetes de color coral. Su figura era exuberante, amplia y cuando deslizaba mis manos sobre ella, sus curvas eran suaves y abundantes, algo a lo que aferrarse cuando folláramos.

Se sentó y cruzó los brazos sobre el pecho para cubrirse.

Su cabello se deslizó largo y salvaje por su espalda para tocar la sábana que tenía detrás.

—No debí haberles permitido esas libertades. Esto no está bien.

Brody se recostó en su almohada, metió un brazo detrás de su cabeza. Me levanté para sentarme al lado de ella, mucho menos preocupado por la modestia.

—¿Por qué no está bien? —le pregunté.

—No lo sé y nosotros apenas... ustedes... —No podía encontrar las palabras correctas para explicar las emociones y las razones por las que creía que lo que habíamos hecho estaba mal. Ella simplemente sabía que era así.

—La noche anterior, cuando te abracé, ¿te pareció que estaba mal?

Negó con la cabeza.

—¿Tuviste miedo?

Se lamió los labios.

—No, tenía tanto frío, tanto miedo de que fuese a morir y entonces tú apareciste ahí.

—Se sintió así, ¿no es cierto, cariño? —pregunté—. Hay algo especial aquí, entre nosotros tres. Tú lo sentiste en ese momento y simplemente sentiste lo bueno que puede ser, cómo podemos hacerte sentir. No está mal.

Metiéndose el cabello detrás de la oreja, me miró con sus ojos verdes, sin convencerse. Era una mujer bien educada, no era una mujer del burdel de la ciudad. Le habían dicho toda su vida que protegiera su virtud. Afortunadamente ella había escuchado esas advertencias, pues se había reservado para nosotros, pero tendría que luchar contra esos estándares sociales quizás más que Brody o yo.

—Por favor, tráeme mi vestido.

Debido a su temor, no había momento como el presente para continuar su lección. Si ella iba a ser nuestra esposa, necesitaba familiarizarse con los cuerpos de sus esposos, y enseñarle cuando estaba saciada por su primer orgasmo era el momento perfecto. Sería su trabajo atender nuestras necesidades tanto como el nuestro atender las suyas. Arrojando hacia atrás las sábanas, me puse de pie, ofreciéndole primero la extensión de mi espalda, luego me giré para poner mis manos sobre mis caderas. Mi pene estaba duro. Lo suficientemente duro para clavar clavos. La cabeza roma estaba de un color rojo furioso, y todo él latía ansioso por follar. Se curvó hacia arriba hacia mi ombligo y mis pelotas colgaban pesadamente debajo. Si no había visto un pene antes... —por la forma en que le colgaba la boca y por sus ojos abiertos de par en par que se lo comían con la vista— le esperaba una gran experiencia de aprendizaje.

—Lo más probable es que tu vestido aún esté empapado por la nieve. Puedes usar una camisa mía.

No estaba escuchando, no hacía nada más que mirar.

—¿Qué pasa, cariño? —preguntó Brody. Empujó las mantas hacia abajo para descubrir su propio pene, igual de excitado y listo que el mío.

Laurel negó con la cabeza y miró por encima de su hombro a Brody, solo para ver su pene. Se echó hacia atrás sobre su culo hacia el final de la cama y nos miró a los dos, señalando nuestros penes.

—Son realmente grandes. Um... no podrían... quiero decir... no importa.

La habíamos dejado sin palabras. Brody sonrió maliciosamente, manteniendo una mano metida detrás de su cabeza, mientras la otra agarraba su pene en la base y empezaba a acariciarlo hacia arriba y hacia abajo mientras una gota de fluido claro se filtraba desde la punta.

—¿Has visto un pene alguna vez? —pregunté mientras tomaba el mío en mis manos.

Negó con la cabeza, luego se lamió los labios. Brody gruñó.

—Entonces te daremos una lección en penes, ¿de acuerdo? Nuestros penes están listos para follar. Son grandes. Están duros. ¿Ves las venas que suben a lo largo de la longitud? Ver tu precioso cabello suelto me pone duro.

—Ver tus pezones me pone duro a mí —añadió Brody—. Tus pequeños jadeos casi hacen que me corra.

—Sentir los labios de tu vagina y tocar tu clítoris casi acaba conmigo. Todo sobre ti, Laurel, nos pone duros.

Brody se levantó sobre sus rodillas, trabajando en su pene.

—Con tan solo verte así, en mi cama, mirándonos con esos preciosos ojos esmeralda, me voy a venir. ¿Quieres ayudarme, cariño?

La boca se le cayó.

—¿Ayudar? ¿Cómo? ¿Me va a doler?

Brody indicó con su barbilla.

—Dame tu mano. —Liberó su agarre de la base de su pene y extendió su mano hacia ella. Después de lamerse el labio y considerarlo, ella colocó su mano en el suyo.

Gruñí ante su inocencia.

—Acércate más a Brody, Laurel. Estás a salvo.

Levantó la mirada hacia el rostro de Brody y luego cerró la distancia entre ellos. Él colocó la mano de ella sobre su pene y sus ojos se abrieron de par en par.

—Es tan duro, y caliente y suave.

Brody sonrió, pero su mandíbula se apretó con fuerza. Mi pene se puso ansioso al ver su pequeña mano sobre él.

—Así —dijo él, poniendo su mano encima de la de ella y moviéndola con movimientos suaves.

—Qué chica tan buena. Tu mano se siente tan bien. Me voy a correr encima de ti.

Continué acariciando mi pene mientras observaba el rostro de Laurel cuando el primer chorro del semen de Brody cubrió sus senos y su vientre. Brody gimió mientras su mano seguía bombeando hacia arriba y hacia abajo, con su semen cayendo sobre ella en regueros espesos. Laurel miró hacia abajo el líquido blanco y viscoso.

—Me encanta ver mi semen en ti, cariño. Te marca como mía. —Brody respiraba con dificultad, aunque sus músculos se habían relajado y su cuerpo saciado. Él le quitó la mano del pene satisfecho—. Deja que Mason sienta tu mano frotando el semen de su pene. Es su turno.

Me miró por encima de su hombro, luego se arrastró hacia mí. Al igual que Brody, tomé su mano y la puse sobre mi pene, siseando un aliento mientras su puño lo apretaba. A diferencia de Brody, no tuve que mostrarle cómo mover la mano, ella aprendió rápido.

Aprecié el denso esperma que ya había en sus senos, los pezones rosados crispados, su ardiente mata de cabello. Había estado listo desde que sentí su forma de mujer por primera vez en la tormenta de nieve. Ahora, viéndola desnuda, sintiendo su mano trabajar sobre mi pene, mis pelotas se tensaron, mientras mi orgasmo venía desde mi espina dorsal y entraba en mi miembro forzando mi semen a salir en chorros gruesos que se entrecruzaron para cubrirle los senos. Pulso tras pulso la cubrí con mi copioso semen. No pude escapar del gemido mientras empujaba mis caderas hacia adelante, el placer era abrumador. Puse una mano firme en la cabecera de la cama a medida que mis sentidos regresaban.

∽

LAUREL

. . .

Estaba hambrienta, vorazmente; mi última comida fue una rebanada apresurada de pan con queso cuando salí de la casa de papá ayer. Era esta necesidad y solo esta necesidad la que me tenía sentada en la mesa de la cocina con una camisa de hombre. Y solo una camisa.

Después de que Mason se corriera, ambos hombres me hicieron extender su blanco y grueso semen sobre mis senos y sobre mi vientre, como si me untara con algo tan cotidiano como una loción. Quise limpiarme los restos, pero los hombres se negaron, y me ofrecieron, no un paño húmedo, sino una camisa de franela suave. Brody me había arremangado las mangas hasta las muñecas mientras Mason la abrochaba y me cubría hasta las rodillas para que mi modestia estuviera intacta. Apenas.

La comida que sirvió Brody tenía a mi estómago refunfuñando y yo saboreaba cada pedacito de los huevos, jamón, pan, patatas en rodajas, y el café, pero era difícil aguantar mi situación. Había hecho cosas con esos hombres que no sabía que eran posibles. Me había comportado deliberadamente mal, y ellos debían considerarme lo más bajo de lo bajo. Yo era una mujer caída. Mi virginidad se mantuvo, pero eso fue todo. Si continuaba permitiéndoles esas libertades, ¿me dejarían ir una vez que la nieve disminuyera?

Miré por la ventana para ver el blanco. Solo blanco. El viento se había reducido a nada, pero la nieve seguía cayendo. El clima estaba mucho mejor desde la noche anterior, pero no estaba interesada en salir en un futuro cercano. Me estremecí ante esa posibilidad. No había escapatoria, al menos por el momento, aunque lo deseara. Ni siquiera sabía dónde estaba mi ropa. La estufa de la cocina calentaba la habitación y no tenía frío con la camisa de Mason. Seguramente aprendí mi lección sobre no estar preparada para ir al aire libre.

Estaba atrapada. Atrapada con hombres que pensaban que yo era un listón y me estaban usando de ese modo. Una vez que pudiera partir, seguramente el señor Palmer no me querría más. Ese era un beneficio imprevisto. Sin embargo, mis oportunidades para cualquier otro hombre también habían desaparecido. Yo era mercancía usada.

—¿Cómo fue que saliste anoche? —preguntó Mason, cortando una gruesa lonja de jamón.

Lo miré, me limpié los labios con mi servilleta. No podía decirle la verdad, al menos toda. Aunque me habían rescatado de una muerte segura, no conocía el alcance del control de mi padre. Si trabajaran para mi padre, o con mi padre, me tirarían sobre un caballo y me llevarían a la iglesia para casarme con el señor Palmer con una camisa de hombre. No. No podía arriesgarme. Era más seguro mentir, al menos en parte, para protegerme. Podía mantener la mayor parte de la historia, pero no podía arriesgarme a tener una conexión con mi padre. No me conocían en Simms, ni en ningún otro lugar de la zona, de vista. Nolan Turner tenía una hija, pero la última vez que alguien en el Territorio de Montana la vio había sido hacía casi quince años. Desafortunadamente, les dije mi verdadero nombre en la cama, pero solo mi nombre de pila. Los hombres me miraron, esperando, así que me mantuve lo más cerca posible de la verdad, mientras me mantenía a salvo.

—Yo... iba a casarme con un hombre que no deseaba.

—¿Estás comprometida? —interrogó Brody.

—Oficialmente no. Supe que mi padre organizó el matrimonio como parte de un contrato de negocios. Se ganaba una alianza a largo plazo y el otro hombre ganaba una esposa.

—¿Qué le faltaba a este hombre?

—Juventud, agilidad y amabilidad —contesté sucintamente—. ¿Te parece extraño que yo tenga las calificaciones para un esposo?

Brody negó con la cabeza.

—Algunas mujeres no lo hacen.

Apreté los labios.

—Tiene más del doble de mi edad, es corpulento y tiene papada por exceso de indulgencia y compartió algunos planes poco agradables para mí.

—¿Qué tipo de planes compartió contigo? —preguntó Brody con la mandíbula apretada. Se llevó la mano sobre la sombra de barba pálida.

Me quedé pálida por el recuerdo. El señor Palmer se había inclinado lo suficientemente cerca para que yo pudiera oler su mal aliento y me susurraba cosas de mal gusto al oído.

—Él... tenía la intención de atarme a la cama y llevarme hasta que su semilla echara raíces. —Tenía la mirada clavada en las manos cruzadas en mi regazo.

—¿Esa idea te repugna? —preguntó Mason.

Levanté la cabeza y entrecerré los ojos, sorprendida.

—¡Sí! Todo en ese hombre es repulsivo.

—No es la idea de estar atada y follar lo que te molesta. Has pensado en sus palabras, siendo follada duro, una y otra vez, llenándote de semen hasta que tu vientre esté maduro. Estás retorciéndote en tu silla así que es obvio para mí...

—Para mí, también —dijo Brody.

- ...que es algo que te interesa. Pero no con este hombre.

Abrí la boca para discutir, luego la cerré. ¿Era este el caso? ¿Las palabras de ese hombre eran tan horribles solo porque *él* me haría esas cosas? Miré a Brody y Mason que estaban esperando mi respuesta. Si estos hombres me tenían atada a una cama, la idea sería... atractiva. Sí me retorcí, mi... vagina se despertó una vez más con la misma idea. Me negué a admitir la verdad, aunque parecían reconocerla antes que yo.

—¿Cuándo iba a ocurrir este matrimonio? —preguntó Mason.

—Hoy.

—¿Saliste en una ventisca, arriesgándote a morir, por tu inminente boda? —Me miró con una combinación de sorpresa y rabia.

Doblando las manos en mi regazo, enderecé mi postura.

—No sabía que iba a ser una ventisca. Apenas estaba comenzando cuando salí, así que no creas que estoy loca. ¿Desearías casarte con un hombre cruel, poco atractivo y viejo? Te aseguro que sus acciones serían como una violación.

—Él no te tocará —gruñó Mason. Se puso de pie, las patas de su silla rasparon el suelo de madera. La firmeza de sus palabras sonó posesiva—. Casi mueres ahí afuera. El hombre casi te lleva al suicidio. —Movió su mano hacia la ventana donde aún caía la nieve. Había disminuido en el transcurso de nuestra comida, pero seguía siendo un país de las maravillas invernal.

—Tu padre te buscará. Sin ti, no hay trato. —Agarró el respaldo de su silla, sus nudillos se pusieron blancos.

—Ambos hombres la buscarán —agregó Brody.

—Sí, no sé quién tiene más en juego. —El interés del señor Palmer era mayor que la avaricia. Vio algo en mí que me diferenciaba, una condición en un contrato como ningún otro. Cuando descubriera que era una mercancía manchada, mi padre enfurecería. No había ninguna posibilidad de que pudiera hacer feliz a ninguno de los dos hombres.

—¿Quién es tu padre? Seguramente si eres de Simms, él nos es familiar. —Brody puso sus antebrazos sobre la mesa—. *Tú* deberías sernos familiar.

Aquí era donde tenía que mentir. No podía decirles el nombre de mi padre. Había vuelto hacía apenas una semana y en poco tiempo conocí el poder de ese hombre. Me tuvo prisionera en una escuela de Denver durante casi toda mi vida. Conocía su control más que nadie.

—Hiram Johns. —Fue el primer nombre que me vino a la mente, el nombre del instructor de equitación de la escuela en Denver.

Los hombres se miraron entre sí, pero no dijeron nada.

—La nieve nos beneficia. No te buscarán hasta que mejore el tiempo. Cualquier rastro que hayas dejado está enterrado bajo unos cuantos centímetros de nieve. —Brody inclinó su silla hacia atrás sobre dos patas.

—Buscarán en el pueblo y en dirección a Virginia City, no por aquí. Al menos no para empezar —añadió Mason.

—Tenemos hoy, espero, antes de que aparezcan —contestó Brody. Los hombres se miraron brevemente y parecieron hablarse sin palabras.

—Hay mucho que hacer.

Tenía la sospecha de que no hablaban de las tareas del rancho.

5
---

RODY

Estaba de pie en el fregadero lavando los platos del desayuno mientras Mason le mostraba a Laurel nuestra colección de libros. Nuestra biblioteca no era extensa, pero algo debería interesarle en un día de nieve. La idea de pasarla con ella era una ventaja que ni yo ni Mason habíamos anticipado. *Ella* era una ventaja que no habíamos anticipado.

La historia que Laurel contó era una mezcla de verdades y mentiras. Era obvio para mí, y para Mason también, que estaba escondiendo algo. Su nombre *era* Laurel. Nos lo dijo sin poder pensar cuando la rescatamos del frío. Creí que la iban a casar con un hombre que no era de su elección. Creí que su padre había hecho un arreglo de negocios. Pero eso fue todo. No había ningún hombre llamado Hiram Johns en Simms o en las zonas cercanas. Nadie entraba en la región sin que la noticia se extendiera como un reguero de pólvora en el mercantil. Todos en Bridgewater tenían un interés personal en mantenerse al tanto de las últimas noticias, especialmente las relacionadas con los nuevos rostros. Evers, nuestro antiguo líder del regimiento, siempre estaba en el fondo de nuestras mentes por si el maldito bastardo nos seguía hasta el otro lado del mundo y nos encontraba. Había acusado a Ian de sus crímenes atroces, a raíz de nuestra estancia militar en Mohamir, un pequeño país de Oriente Medio, y era solo cuestión de tiempo para que el pasado volviera. Habíamos huido a los Estados Unidos y viajamos hasta el Territorio de Montana para encontrar una franja de tierra que llamaríamos Bridgewater. Lo hicimos juntos, y era nuestro hogar común. Pero siempre estábamos atentos a cualquier tipo de peligro.

Por eso sabíamos que Laurel no era quien dijo que era. Presionarla no traería respuestas. Bueno, podría, pero entonces tendríamos una mujer que nos odiara y eso ciertamente no estaba en nuestros planes. Queríamos gustarle a Laurel. Mucho. Ella sería nuestra novia tan pronto como el tiempo se despejara. Ella nos diría la verdad, con el tiempo. Me reí para mí mismo. Era una mentirosa terrible. Lo más probable era que cometiera un error muy pronto.

Enjuagando la taza de café, la puse al revés sobre un paño para que se secara.

En cuanto al hombre con el que se iba a casar, la reacción de Laurel hacia él fue suficiente para mantenerla lo más lejos posible. Un hombre de cincuenta años solo quería a una mujer joven, virgen, como Laurel por una simple razón. Demonios, todos los hombres querían a Laurel por la misma razón, incluyendo a Mason y a mí. Quería follarla una y otra vez hasta que mi necesidad de ella se saciara. Incluso la ataría a la cama como dijo que haría el hombre. Incluso la mantendría allí hasta que su vientre se hinchara con un bebé que hiciéramos.

No éramos sádicos. No pensábamos solo en nosotros mismos. Mason y yo estábamos pensando en Laurel, en su placer. En sus necesidades. Sus deseos. Dudaba que el bastardo pensara en ella después de follarla o durante ese asunto. De hecho, conociendo a los de su clase, tendría una amante o dos a su lado, asegurando que el valor y la autoestima de Laurel siempre estuvieran en duda.

Huir había sido su única opción. Si tanto su padre como su esposo estuvieran tan comprometidos con el acuerdo comercial como ella dijo y ella no se hubiera escapado, Laurel estaría casada ahora mismo. La idea de eso hizo que mi desayuno se asentara en mi estómago como una roca pesada de río.

Ella podría haber muerto. *Habría* muerto si Mason no hubiera ido a buscar leña. Yo no era un hombre que pensara en cosas como el destino, pero ella literalmente había caído en nuestra puerta. Y era nuestra.

Limpié la mesa con un paño húmedo, pensando en nuestro tiempo en la cama. Aunque Laurel claramente no lo sabía, la habíamos reclamado en ese momento. Su cuerpo era tan exuberante y curvilíneo que mi pene estaba duro como una roca. Otra vez. Sabía tan dulce como sus pequeños gemidos de placer. Su piel era suave como la seda y quería conocer cada centímetro de ella. Verla venirse por primera vez fue algo que nunca olvidaré. También lo fue la mirada en su rostro cuando vio los primeros penes. Los nuestros. Saber que nuestro semen cubría sus senos y vientre era como marcarla, marcarla como nuestra.

Con estos pensamientos en mi cabeza, fregué la mesa con un poco más de vigor. Mirando por la ventana, vi caer la nieve, pero se había reducido a ráfagas. El sol estaba radiante y brillaba sobre la capa de blanco gruesa y fresca. Mirar hacia afuera era casi demasiado brillante para mis pupilas. Entrecerrando los ojos, pude ver a través del rancho hasta las otras casas. A corta distancia, podía ver a alguien acercándose. Estaba a pie, caminando a través de las profundas acumulaciones, el cuello del abrigo levantado alrededor de su cuello, el sombrero bajo sobre su cara. Solo cuando pisó las botas en el porche trasero pude ver que era Andrew.

Arrojando el pañuelo sobre mi hombro, le abrí la puerta. El hombre entró con un remolino de aire frío tras él. Cerró la puerta con firmeza para mantener el calor dentro. Colocando su sombrero en una estaca junto a la puerta, me miró y sonrió.

—Vaya tormenta —comentó.

Andrew y Robert también vivían en Bridgewater. Se casaron con Ann, quien había dado a luz a su primer hijo hacía solo dos meses. Eran los estadounidenses del grupo; los conocimos en Boston inmediatamente después de nuestra llegada al país. Además de ellos, Bridgewater fue el hogar de Ian y Kane, que se casaron con Emma durante el verano. Otros miembros de nuestro regimiento eran Simón, Rhys y Cross. MacDonald y McPherson eran nuevos en Bridgewater, ya que llegaron el verano pasado. Fue la semana en que pensamos que Evers había encontrado a Ian. En vez de eso, eran el hermano y el amigo de Simón.

—¿Dos pies? —Supuse, mirando por la ventana.

—Fácilmente.

—¿Todos están bien? —pregunté. Ann estaba bien después de dar a luz a Christopher y el chico estaba creciendo, pero era un momento vulnerable para los dos.

Asintió con la cabeza.

—Además de estar cansados, todos están bien. Yo debería estar preguntándote eso a ti. Escuché un disparo anoche. Estás en la casa más cercana y pensé que pudo haber venido de aquí.

—Así fue. Una interesante serie de eventos.

Se pasó la mano por encima de la barba y me observó de cerca, sin saber si eran buenas o malas noticias.

—Quítate las botas y te lo diré.

Le conté sobre el viaje de Mason a la pila de leña, el descubrimiento de Laurel y su situación.

—Nunca he oído hablar de un Hiram Johns.

—Yo tampoco —respondí.

—Entonces, ¿quién demonios es ella? Simplemente no cayó del cielo.

Me encogí de hombros.

—Basado en el clima, no pudo haber cabalgado más de unas pocas horas, así que tuvo que venir de algún lugar cerca de Simms. No te preocupes, la historia saldrá a la luz.

Andrew sonrió.

—No tengo ninguna duda de eso.

Le di una palmada en el hombro.

—Ella es la elegida, Andrew.

Sus cejas se levantaron en sorpresa.

—¿Estás seguro?

—Estamos seguros. No voy a castigarla por sus secretos. Eso no nos servirá de nada. Quiero que esté tranquila. Si va a ser nuestra, necesita empezar su entrenamiento ahora.

Andrew levantó las cejas sorprendido al colocar sus botas frente a la estufa de hierro fundido para calentarlas.

—¿La han follado?

Fruncí el ceño.

—Demonios, no.

Mi amigo levantó las manos para rendirse.

—Somos lo suficientemente honorables como para esperar a que sea realmente nuestra antes de reclamarla.

Eso no significa que no podamos mostrarle nuestros métodos.

## MASON

De ninguna jodida manera dejaría que se volviera a poner el vestido. Verla con tan solo mi camisa la hacía aún más mía. Nuestra. Saber que no llevaba nada debajo, que sus lindos pezones se clavaban contra la tela, que los rizos rojos de su vagina eran fácilmente accesibles, me tenía duro. Demonios, incluso después de haber gastado mi semen en ella, todavía estaba duro. Ella estaba marcada. Además de su aroma floral único y dulce, olía a sexo. No podía esperar a marcarla por dentro también llenando su deliciosa vagina con mi semen. Sabía que Brody sentía lo mismo.

Antes de irse, Andrew nos había invitado a su casa para la cena, lo que era bueno porque Laurel vería la dinámica que Ann tenía con dos esposos. Independientemente de su pasado, Laurel iba a ser nuestra esposa. Era una mentirosa terrible, cada emoción que sentía se reflejaba en su rostro —indecisión, cautela, incluso engaño—. Ella nos *estaba* engañando guardándonos secretos.

—¿Qué piensas? —le pregunté a Brody, con mi voz baja. Laurel estaba en el baño del lavabo. Estábamos abajo añadiendo troncos a las chimeneas y estufas para mantener la casa caliente.

Él miró al techo como si pudiera verla a través de este.

—Creo en todo menos en el nombre de su padre. Nunca he oído hablar de él.

—Yo tampoco. Si ella se escapó, no puede estar protegiéndolo. Se está protegiendo a sí misma. Pero ¿por qué? La salvamos de una muerte segura. No le haríamos daño.

Brody se encogió de hombros.

—Ella no lo sabe.

Fruncí el ceño ante el pensamiento. Nunca lastimaríamos a una mujer. Jamás. Todos en Bridgewater protegían a las mujeres. Las querían.

—Entonces debemos mostrárselo. Es jodidamente hermosa. —Me llevé una mano por la barba—. Su cabello es memorable. Si ha estado viviendo cerca de aquí, lo hubiésemos sabido.

Brody asintió.

—Cualquier hombre alrededor de cien millas estaría detrás de ella.

—Qué bueno que terminó aquí.

—¿De dónde vendría?

No tenía una respuesta. Solo Laurel podría decirnos.

—Es nuestra —gruñó Brody.

—No hay duda. ¿Entonces esperamos a que nos diga?

Brody abrió la puerta de la estufa de la cocina, colocó un tronco y la cerró. Lanzó el pañuelo que había usado para protegerse la mano sobre la mesa.

—¿El pasado realmente importa?

Negué con la cabeza.

—Preferiría entrenarla que cuestionarla, ¿no te parece?

—Demonios, sí. Hablé con Andrew antes de que se fuera. Ayudarán de cualquier forma que puedan.

Una hora más tarde, llevé a Laurel a la casa de Andrew y Robert. Su abrigo todavía estaba húmedo y los cordones de las botas cortados, así que la envolvimos en una manta para que se mantuviera caliente durante el paseo. Era una distancia corta, solo cinco minutos, pero el aire estaba fresco y el sol se había puesto con lo cual no ofrecía calor adicional. El trío se reunió con nosotros en la entrada y se llevaron nuestras cosas. El olor a estofado y a pan horneado llenaba el aire. Había un fuego crepitante en el hogar, cálido y cómodo. Desde su matrimonio con Ann, la casa se había convertido en un hogar.

—Es bueno verte de nuevo, Laurel —dijo Andrew—. Les presento a Robert y a nuestra esposa, Ann. Christopher está en la cuna cerca de la chimenea, durmiendo la siesta.

Robert tenía el cabello oscuro y una barba similar a la mía, aunque era más bajo y más ancho que yo. Ann era bajita, de cabello rubio claro. Desde el nacimiento del bebé Christopher su delgada figura se había llenado y estaba bastante exuberante.

—Hola —respondió Laurel tímidamente. Estaba allí parada con mi camisa y un par de calcetines de Brody, su cabello recogido en una larga trenza en su espalda con un pedazo de cuerda amarrándola.

—He oído que has tenido una gran aventura —dijo Ann, mirando a Laurel con franco interés. Las mujeres eran pocas y distantes en estos lugares. Ann solo tenía a Emma cerca.

—Esperábamos que nos prestaras algo de ropa, si no te importa —le dije.

Ann sonrió.

—¿Te gustaría subir a ver si algo te queda? El bebé debería estar dormido por algún tiempo y los hombres lo vigilarán.

Laurel miró a Brody, y luego a mí, para asegurarse.

—Los otros estarán aquí pronto. —Cuando frunció el ceño, confundida, agregué—: Los otros que viven aquí en Bridgewater. Las comidas suelen ser en la casa de Ian y

Kane, pero nos hemos mudado aquí por el bebé y el clima. Puedes ir con Ann, cariño.

Brody asintió con la cabeza y las dos mujeres salieron de la habitación, luego oímos sus pasos en las escaleras. Me complació ver Laurel mirara hacia nosotros para que le diéramos nuestra aprobación, aunque no éramos el tipo de hombres que esperaban que su esposa les cediera cada una de sus decisiones. Queríamos que Laurel fuera dócil con nosotros, no mansa.

—Es encantadora —comentó Andrew.

—¿Conocen a un hombre llamado Hiram John? —preguntó Brody.

Robert nos guio hacia las sillas que estaban enfrente del fuego. Cuando nos sentamos, respondió.

—Andrew compartió la historia de Laurel. El nombre no me resulta familiar.

Los otros hombres estuvieron de acuerdo conmigo en que ella estaba mintiendo. No era solo una sensación de mi parte. Era obvio para todos. Descansé los antebrazos en mis muslos.

—Si está mintiendo, podría ser para protegerlo a él. —Yo no quería creer eso, ni siquiera asumirlo.

—Ella se escapó. Creo que se está protegiendo a sí misma —añadió Brody.

—Si realmente es parte de un contrato de negocios, vendrán a buscarla —dijo Robert.

—Quienesquiera que sean *ellos* —dijo Andrew.

—Estaremos listos —juré.

# 6

## Laurel

—Al principio estaba sorprendida. Pensé que estaba casada con Andrew y pronto supe que Robert también era mi esposo —dijo Ann, tomando un vestido de un gancho en la pared y trayéndomelo. Estábamos en su habitación, la habitación que asumí que compartía con ambos hombres. La habitación no parecía fuera de lo común, aunque su matrimonio sí lo era.

—¿Creciste soñando con dos hombres?

Negó con la cabeza y sonrió amablemente.

—Oh, no. Bridgewater es el único lugar que conozco donde una mujer tiene múltiples esposos. A mí... me gusta. Mucho. Mis esposos son *muy* atentos. —Me pasó el vestido.

—Gracias. Mason y Brody rasgaron el corpiño de mi vestido cuando me rescataron anoche. —Señor, eso sonó perverso, así que añadí—. El vestido estaba cubierto de nieve. Me temo que es irreparable. —Levanté el vestido al frente y miré a Ann—. Eres mucho más pequeña que yo. No creo que los arreglos vayan a ayudar.

—No. Supongo que no. Eres tan alta, curvilínea también, aunque ahora que Christopher ha nacido, aún no he recuperado mi figura.

No sabía qué forma tenía antes, pero era hermosa ahora. Sus rasgos eran finos, casi delicados, su piel tan cremosa y pálida. Estaba tan calmada, tan tranquila, tan cómoda con su vida.

Fue a un vestidor y abrió el cajón de arriba y luego el de abajo.

—Aquí hay una blusa y una falda. Pueden funcionar mejor si son piezas separadas.

Escuché duda en su voz, la misma duda que yo sentí acerca de si su ropa me quedaba. Las doblé sobre mi brazo mientras ella hablaba.

—Brody y Mason son buenos hombres. Estarás feliz con ellos.

La boca se me abrió de golpe.

—No estoy casada con ellos, ni me voy a casar con ellos. Me rescataron de la tormenta.

Ann frunció el ceño.

—Sí, Andrew me contó lo sucedido. Fuiste muy afortunada. Pero los hombres... ellos son honorables.

—Yo... no puedo tener tanta confianza como tú en eso, porque apenas los conozco —respondí. Aunque habíamos hecho cosas en la cama juntos que crearon un nivel de intimidad más profundo de lo que cabía esperar.

—Puedes confiar en mí en esto. Brody y Mason son muy honorables y te cuidarán muy bien. —Ella me transportó—. Entonces ya está arreglado. Quiero decir que estuviste con ellos toda la noche y —¡oh!— bajó la mirada hacia la parte delantera de su vestido. Había dos puntos húmedos.

—¿Hay algún problema? —pregunté, sin estar segura de la magnitud del problema.

—Mi leche se ha derramado. Es tan abundante que tengo más de lo que el pequeño Christopher puede comer. Trae la ropa y volveremos abajo.

Seguí a Ann y cuando regresamos a la sala de estar principal, los hombres se pusieron de pie a nuestra llegada. Había dos caras nuevas en el grupo.

—Mi leche —dijo Ann sin aliento.

Andrew y Robert rodearon a Ann.

—Vamos a la otra habitación. —A pesar de que se habían trasladado a la oficina más cercana y no podíamos verlos, se escuchó la voz de Andrew—. Siéntate en el regazo de Robert y él se hará cargo de ti.

Mason y Brody se acercaron a mí, Mason me quitó las prendas de vestir y las colocó en el respaldo de una silla.

—Laurel, ellos son MacDonald y McPherson, otros dos hombres de nuestro regimiento.

Ambos estaban de pie, altos y anchos, como si pudieran bloquear el sol con sus cuerpos. Sus cabellos eran rebeldes y largos, con rasgos duros, aunque de ojos amables. Cada uno de ellos me asintió con la cabeza antes de sentarse.

Me sentí un poco tonta de pie en medio de la habitación con tan solo la camisa de Mason rodeada por un grupo de hombres. Mirando de izquierda a derecha, busqué un lugar para sentarme. Antes de que pudiera moverme, una mano salió, tomó mi mano y me tiró hacia abajo sobre muslos duros.

—En mi regazo —susurró Mason en mi oído, los suaves pelos de sus oídos haciendo cosquillas en mi mandíbula. Sus brazos me rodearon y me sostuvieron en el lugar.

—¿Te duelen, nena? —dijo Robert desde la otra habitación.

—Sí, están tan llenos que duelen y la leche no para.

—Entonces me encargaré de eso.

Ann gimió y miré a Mason.

—Tiene demasiada leche y debe ser sacada de ella. Con Christopher durmiendo y su barriga llena, el trabajo de Andrew y Robert es aliviarla.

Fruncí el ceño confundida.

—Robert está bebiendo la leche de sus senos.

La idea debería haber sido incómoda, pero en vez de eso fue bastante erótica. Que Ann tuviera una necesidad en la que solo sus esposos podían ayudar, formaba un vínculo entre ellos que era muy atractivo. Brody había jugado con mis senos antes y la idea de su boca allí en vez de sus dedos hizo que mis pezones se apretaran bajo la suave tela de la camisa de Mason.

—No deberíamos estar escuchando esto —le susurré a Mason—. Esto es privado.

Negó con la cabeza.

—La llevaron a la otra habitación para tener privacidad. Recuerda, las necesidades de la mujer son lo primero.

No estaba segura de cómo el hecho de que la escucháramos ponía sus necesidades en primer lugar, pero a Ann no parecía importarle que estuviéramos cerca, ni los otros hombres. De hecho, basándose en los sonidos que salían de la otra habitación, a ella parecía gustarle mucho.

—Su vagina está goteando, Andrew —dijo Robert sobre Ann.

Esta vez me retorcí, porque Mason le había dicho a Brody exactamente las mismas palabras sobre mí y recordé dónde había estado su mano, cómo se había sentido.

—No la hemos follado desde que nació el bebé. Su

vagina necesita tiempo para curarse antes de que la tomemos de nuevo.

—Por favor, Robert. Tener tu boca en mis senos siempre me pone tan necesitada. *Necesito* que me folles —gimió Ann, su desesperación era evidente.

Me sentí incómoda escuchando. En realidad, no fue solo incomodidad lo que sentí. También me sentí... excitada. Escuchar a Ann encontrar su placer en el tacto de Robert me recordó cómo Mason y Brody me atendieron más temprano. Habían sido gentiles, pero muy persuasivos, mi... cosquilleo de vagina ahora era el recuerdo de lo que los dedos de Mason habían hecho. Me habían dicho que nada iba a entrar en mi vagina hasta que me casara, pero por la forma en que Ann suplicaba que la llenaran tenía mis músculos internos apretados, mi núcleo adolorido por algo. Como mujer casada, Ann sabía lo que quería. Lo que ella anhelaba. Había experimentado un pene, no, dos.

Yo no lo había hecho. Sentí un anhelo que nunca antes había sentido. Brody y Mason habían despertado algo dentro de mí. Me hicieron desear sus tactos, desear lo que no conocía. Yo quería lo que Ann tenía, aunque su conexión, su vínculo era más grande de lo que podía imaginar tener con Brody o Mason.

—No, nena. Tú no decides —le dijo Andrew—. Tus hombres deciden cuándo volverán a follarte. Estamos siendo cuidadosos, ya que no queremos lastimar tu vagina. Nos diste el mejor regalo del mundo y nosotros nos encargaremos de ti. ¿No te hemos complacido de otras maneras?

—Sí —respondió ella, su voz desolada.

—Estás tan hermosa así con tu leche goteando, tus hombres cuidando de ti. Voy a beber la leche de tu otro seno mientras Robert te hace venirte.

No tardó mucho en gritar su placer. ¿Yo había sonado así?

—¿No es un sonido hermoso? —Mason me susurró al oído—. ¿Las necesidades de una mujer siendo satisfechas por sus esposos? Ella estaba incómoda y ellos la calmaron. Su felicidad y su placer son los únicos deseos de ellos. —Su aliento estaba cálido, sus labios corrían sobre la curva superior de mi oreja. Me besó allí, luego en la mandíbula y luego en la curva del cuello. Mis ojos se cerraron y me deleité en la sensación de suavidad de él.

Los gritos de placer de Ann rompieron a través de la neblina de mi propia necesidad. Me sonrojé al darme cuenta de cómo me había adaptado a las costumbres inusuales de Bridgewater. Sabía que esto no era así en el resto del mundo. Denver era una ciudad grande y no sabía nada sobre tener más de un esposo ni de ninguna de las tareas más delicadas dentro de un matrimonio.

Un minuto después, Andrew entró en la habitación limpiándose la boca con el dorso de la mano.

—La cena está caliente en la estufa —habló como si no acabara de chuparle los senos a su esposa. Me sorprendió, pero pareció una ocurrencia común para mí.

—Yo ayudaré —dijo Brody, siguiendo al hombre fuera de la habitación. Los otros hombres lo siguieron, dejándonos solos a Mason y a mí.

Mason me movió en su regazo para que lo mirara. Sus manos cubrieron mis senos y jadeé, sabiendo que podía sentir lo duros que estaban mis pezones.

—Lo que los hombres de Ann hacen por ella, te excita.

Lo aseveró como un hecho, no como una pregunta. Sentí mis mejillas arder y aparté la mirada de su penetrante mirada oscura. Sacudí la cabeza ligeramente.

—Laurel, tu cabeza puede estar negándolo, pero tu cuerpo no miente.

¿Cómo podría conocer los deseos de mi cuerpo? Yo apenas los estaba descubriendo.

—Mira —dijo, bajando la mirada a su regazo. Allí, donde había estado sentada hace un momento, estaba oscuro y mojado—. Tu vagina está goteando sobre mis pantalones.

Jadeé y me puse de pie, intentando escapar, para esconderme en algún lugar, avergonzada, pero él enganchó un brazo alrededor de mi cintura y me sostuvo frente a sí, así que me quedé entre sus rodillas. Sus manos bajaron a la parte de atrás de mis muslos y se deslizaron hacia arriba para cubrir mi trasero. Desde esta posición, no podía dejar de ver la mancha en sus pantalones, de sentir el aire enfriando la humedad de mi vagina y mis muslos. *Estaba* mojada. No se podía negar la prueba. Yo no *quería* estar excitada. Significaba que me gustaba escuchar a otros hacer cosas carnales. Significaba que quería que me hicieran las mismas cosas. Significaba que me gustaba que Mason me tocara íntimamente. ¡No debería ser así!

Me estaba aferrando a una terrible mentira. Si supieran quién era realmente, me enviarían de vuelta con papá. Seguramente nadie me querría después de que Mason y Brody les dijeran qué clase de mujer era. Sería una marginada. Era mejor negar los sentimientos, demostrar que no me gustaba, que no me afectaba, para que cuando llegara el momento solo pudieran decir que había estado bajo presión. Quizás entonces podría encontrar un esposo que aún estuviera interesado en mí. Estaba delirando. *Nadie* estaría interesado en mí. Cada uno tenía sus propias necesidades en el corazón, su propia ganancia. Mi padre. El señor Palmer. Yo era una yegua peón.

Quizás la razón por la que me deleité con el sonido de Andrew y Robert complaciendo a Ann fue porque pusieron sus necesidades en segundo lugar. Por primera vez, fui testigo del desinterés en lugar del egoísmo.

∼

MASON

—No te avergüences, cariño. Me encanta saber que te atrae tener dos hombres. —Le di un apretón suave en la cintura—. ¿Sabes lo duro que está mi pene?

Sus ojos se ensancharon, claramente sorprendida al ver que yo también estaba excitado. Me ajusté, mis pantalones un confinamiento estricto para mi pene hinchado. Cuando vio mi tamaño a través de mis pantalones, se lamió los labios. Me vendría en mis pantalones si no cambiaba mis pensamientos. Sentir su vagina caliente contra mi muslo había sido una tortura, sentir sus pezones apretados bajo mis palmas había sido delicioso, pero ver sus jugos manchando mis pantalones fue tan malditamente caliente. No podía resistirme a mirarla.

Tomando mi camisa larga que llevaba, levanté el material hacia arriba para que lentamente revelara su preciosa vagina. Una vez que mis manos descansaron sobre sus caderas, quedó expuesta de la cintura para abajo.

—Mason —siseó ella, mirando de izquierda a derecha.

—Eres tan hermosa, estoy tan excitado como tú. Tus muslos están cubiertos con tus jugos. ¿Sabes lo que quiero hacer? —Sus ojos se encontraron con los míos—. Quiero probarte allí.

—¡Hola! —Simón gritó. Escuché que la puerta principal se cerró detrás de ellos, botas sacudiéndose la nieve.

—Aquí adentro —grité. El cuerpo de Laurel se endureció dentro de mi tacto y sus ojos se ensancharon de pánico. Dejé caer mis manos, la camisa bajando con ellas para cubrir todos sus secretos. Sus hombros se desplomaron en alivio y sus manos suavizaron la suave tela sobre los muslos, como asegurándose a sí misma que era modesta.

Vi a los hombres entrar por fuera del rabillo de mi ojo.

—Simón, Rhys y Cross, ella es Laurel.

—Nos enteramos de tu roce con la muerte —le dijo Rhys a Laurel—. Estamos contentos de que estés bien.

Laurel asintió, pero no dijo nada.

—Vi a Kane. Se quedarán en casa a cenar esta noche.

Escuché las palabras de Simón, pero estaba concentrado en Laurel. La mirada en su rostro me recordó a una niña que fue atrapada con la mano en el frasco de galletas, porque los hombres no vieron su cuerpo. La estaban viendo con tan solo mi camisa; no iba a compartir más de ella.

Andrew asomó la cabeza en la habitación lo suficiente para hablar.

—He servido el estofado en tazones, así que vengan a la mesa mientras está caliente.

—Podría solo quedarme aquí y hacer una comida con la vagina de Laurel. —Laurel se opuso al agarre de Brody, pero él no cedió.

—Ven, cariño, puedes sentarte a mi lado. —Brody se puso de pie y le sonrió, relajado, calmado, casi tranquilizador con su tono de voz. Ella asintió con la cabeza y él la sacó de la habitación; las caderas de Laurel se menearon al caminar.

Ann y Robert vinieron desde la otra habitación. La apariencia de Ann estaba ligeramente desaliñada y tenía un brillo rosado en sus mejillas. Ambos miraron al bebé en la cuna antes de salir de la habitación, asegurándose de que estaba cómodo.

Simón, Rhys y Cross se quedaron atrás conmigo.

—¿La estás reclamando a ella entonces? —preguntó Simón, refiriéndose a Laurel.

Asentí con la cabeza.

—¿No lo harías tú?

—Demonios, sí.

—¿Andrew te contó los detalles?

Los tres hombres asintieron.

—Una mujer no huye así a menos que sea caprichosa o que tema por su vida —comentó Cross.

—Ella no es caprichosa —respondí.

—Entonces alguien la quiere, además de ti —terminó Simón.

—Pueden intentarlo. —Le di una palmadita a Simón en el hombro mientras caminaba hacia el comedor—. Pueden intentarlo.

# 7

AUREL

Pasé una cena incómoda vistiendo solo una camisa en una habitación llena de hombres. Había sido una tontería pensar que la ropa de Ann me quedaría bien. Ciertamente trataría de arreglarla, pero no era de ayuda en este momento. En algún tiempo de este viaje perdí el control de mi cuerpo. ¡Mi cuerpo estaba literalmente goteando humedad! Esto nunca me había pasado antes de conocer a Mason y a Brody. Seguramente no era normal.

La conversación se sostuvo a mi alrededor y yo no tenía nada que añadir, ni tampoco deseaba concentrar ningún tipo de atención en mí misma. Me sentía lo suficientemente expuesta con las piernas descubiertas. El grupo era agradable y parecía ser una familia. El humor alegre y las historias joviales circulaban tan rápido como la canasta de pan o la jarra de agua. Solo Andrew y Robert hablaban como americanos, el resto con acentos. McPherson y MacDonald tenían una pronunciación mucho más fuerte aún. Cuando Brody se inclinó y me dijo que McPherson y Simón eran hermanos, el parecido fue obvio. No estaba segura de por qué uno se llamaba por su nombre y el otro por el apellido, aunque no iba a preguntar.

El estofado estaba delicioso, pero no tuve mucho apetito. Me había salvado de los planes del señor Palmer y de mi padre, pero había caído en un ambiente en el que no era solo un hombre, o incluso dos, de los que tenía que liberarme a partir de ahora. Estos hombres tenían un vínculo que, por lo que me dijo Mason, se había forjado en el ejército. No podría quedarme aquí en Bridgewater y mentirles a todos. Mason y Brody parecían encontrar disfrute en mi cuerpo, pero no podría ser a largo plazo. Yo simplemente era una mujer perdida que cumplía con sus deseos. ¡Había estado en la cama con ellos, desnuda! Peor aún, quizás, estaba sentada con tan solo una camisa de hombre en una mesa llena de hombres. ¡Extraños!

Quería levantarme, salir corriendo de la casa, pero no tenía ropa de verdad. Ni zapatos. Ni siquiera un abrigo. Atravesaría tres metros en la nieve y tendría que volver. Era un escenario imposible. Las lágrimas obstruyeron mi garganta, haciéndome imposible tragar el bocado de estofado. Tomé un sorbo de mi vaso y miré a Ann al otro lado de la mesa, quien estaba sentada allí, sonriendo, mientras hablaba con Robert. Parecía feliz con su vida, con sus dos esposos; no encontraba el arreglo extraño en absoluto. ¿Yo era la rara aquí entonces?

¿Era esto lo que se suponía que debía hacer una esposa? Todos parecían acostumbrados a estos valores diferentes, a estas formas mohamiranas que habían tomado como suyas. Todos menos yo. La sociedad dictaba ciertas costumbres sociales y la vida en Bridgewater las contradecía todas. Yo no encajaba aquí. No pertenecía a este lugar.

No pertenecía a ninguna parte. Estaba demasiado vieja para mi escuela, sabiendo ahora que me había quedado allí únicamente porque mi padre pagaba de manera muy generosa. Recientemente descubrí que, incluso, había pagado más para asegurarse de que no tuviera pretendientes, sabiendo que en algún momento necesitaría que volviera a Simms. Finalmente lo hizo, y durante la semana posterior a mi llegada me enteré de que tampoco pertenecía allí.

Estaba completamente perdida y no tenía adónde huir.

Parpadeé ante las lágrimas que se formaron en mis ojos y traté de evitar que se derramaran. No sirvió de nada. Se deslizaron por mis mejillas y cayeron sobre el tejido de la camisa de Mason que llevaba puesta. En silencio, bajé el tenedor y miré el plato, aunque la comida estaba borrosa.

—Cariño, ¿qué pasa? —preguntó Brody. Se inclinó y me susurró al oído, con su aliento cálido, su voz suave, preocupada.

Negué con la cabeza, pero las lágrimas continuaban. Mirando a sus pálidos ojos, le dije a Brody:

—Yo... no puedo hacer esto. No pertenezco aquí.

La mesa se quedó en silencio. Las lágrimas cayeron más rápido cuando supe que había atraído la atención que no quería. Empujé mi silla hacia atrás y me puse de pie. Todos los hombres alrededor de la mesa también se pusieron de pie, pero solo Mason y Brody me siguieron fuera de la habitación. Al notar que el bebé seguía dormido, tampoco podía hablar libremente aquí.

Me limpié los ojos con los dedos mientras susurraba:

—¿Podemos irnos? ¿Por favor?

Ambos hombres estaban de pie delante de mí, formidables y altos. Tan guapos, especialmente cuando me miraban con una mezcla de dominación masculina y preocupación.

—Por supuesto —respondió Mason. Se movieron rápidamente. Brody regresó al comedor, Mason fue a ponerse su abrigo. Momentos después, Brody regresó y se puso el suyo propio, tomándolo de la estaca de la puerta. Mason cogió la manta y la envolvió a mi alrededor. Brody colocó la blusa y la falda que Ann me había dado sobre su brazo, lo cual se veía demasiado incongruente en su cuerpo grande y muy masculino.

Trabajaron rápida y eficientemente como un equipo, en solo un minuto, Mason me tuvo en sus brazos y salió por la puerta. Mientras las botas de los hombres atravesaban la nieve profunda, pensé en lo que habían dicho sobre Robert, Andrew y Ann. Las necesidades de Ann eran lo primero. Se ocuparon de ella, antes que nada. Se detuvieron en medio de una conversación para ayudar a aliviar la congestión de sus senos. Nada, ni nadie más, importaba. Era un concepto muy atractivo para mí. Nadie, nunca, se ocupó primero de mis necesidades. Nunca nadie se preocupó por mí. El amor que vi en el trío fue cálido, y desgarrador, porque ahora sabía lo que me había estado perdiendo.

## BRODY

Laurel había entrado en pánico. Se había excitado, no había duda de ello, pero quizás la llevamos demasiado lejos, demasiado rápido. Las costumbres de Mohamir definitivamente requerirían algún tipo de ajuste del pensamiento. Quizás había algo más en su mente que la había molestado. Hasta que la desnudáramos, física y mentalmente, y supiéramos todo de ella, no podíamos ayudarla. En vez de ponerla en la puerta para quitarle el abrigo y las botas, Mason la llevó directamente por las escaleras a su habitación, y la colocó en la cama. Suavemente. Cuidadosamente.

Yo los seguí de inmediato. Los dos nos quitamos nuestra ropa del exterior para sentarnos a ambos lados de Laurel. Retiramos la manta de alrededor de ella para revelar su exquisito cuerpo, y la camisa de Mason montada en lo alto de sus muslos.

Ella haló la tela, pero detuvimos sus manos. Sus ojos verdes se iluminaron con una mezcla de ira y nerviosismo.

—¿Qué te tiene tan molesta? —le pregunté, llevando mi mano hacia arriba y debajo de su muslo sedoso.

—No... no me gusta que me vean así —murmuró—. Nunca antes había mostrado siquiera mi tobillo en público y fue demasiado.

—Apreciamos tu honestidad. —Mason le dio una pequeña sonrisa—. Disfrutaste escuchando a Ann con sus esposos. Tu cuerpo nunca miente.

Sus mejillas se volvieron rosadas ante sus palabras.

—Tal vez, pero no me gusta compartir eso... con otros. —Presionó la parte inferior de la camisa entre sus piernas y la mantuvo allí. Era como un escudo, protegiendo su virtud lo mejor que podía. Ya la habíamos tomado —su virtud, no su virginidad— así que era simplemente una muestra de modestia. Dejamos que se la quedara. Por ahora.

—¿No te gustó saber que los otros hombres te encontraban tan hermosa?

Volteó la cabeza para alejarse de mí ante mis palabras.

—Las necesidades de una mujer son lo primero, cariño. No queremos que te molestes, por lo que nos aseguraremos de que, a partir de ahora, estés más cubierta. Quiero que sepas que no te compartiremos con los demás. Jamás —prometió Mason. Le quitó los dedos del borde inferior de la camisa—. Tu cuerpo será solo para nosotros.

Comenzando por el botón inferior, Mason abrió la camisa, revelando primero su vagina, luego su ombligo, y luego la hinchazón de sus senos henchidos. Cuando él separó los dos lados, ella se sentó entre nosotros completamente a la vista.

—Tan hermosa, cariño. Recuéstate —murmuré, empujando suavemente sus hombros para que se cayera de espaldas a la cama. Estaba asustadiza, algo temerosa. Era nuestra culpa que estuviera así, por no habernos dado cuenta de que su modestia era más fuerte que su excitación. Por lo tanto, era nuestro trabajo arreglar ese asunto. Me levanté de la cama y me arrodillé en el suelo. La agarré por detrás de las rodillas y la halé hacia el borde de la cama. Levantando una pierna y luego la otra, las puse sobre mis hombros.

Laurel se levantó sobre su codo para mirarme. Sus ojos verdes estaban muy abiertos, confundidos.

—Brody, ¿qué estás haciendo?

—Probándote. —No dije más, solo la separé con mis dedos, bajé mi cabeza hasta su vagina y la lamí allí. Sus pliegues estaban pegajosos y se tumbó ante el más mínimo toque de mi lengua. Trabajando hacia arriba, encontré fácilmente su clítoris duro.

—¡Brody! —gritó cuando lo toqué. Una y otra vez. Sus dedos fueron hacia mi cabello, se enredaron en este, tiraron de este, me atrajeron hacia ella. Mason agarró su rodilla derecha y la colocó en su regazo, abriéndola aún más para mí.

Habíamos acordado mantener su vagina vacía, pero eso no me impedía rodear la abertura con la punta en forma de círculos, provocándola. La combinación la tenía retorciéndose en la cama.

—¿Te gusta que te coman la vagina? ¿Te gusta cómo te hace sentir Brody? Oh, sí, te gusta que te halen los pezones, ¿no es así? —Mason había movido las manos, así que le apretaba y trabajaba los pezones, lo que solo aumentaba el nivel de estimulación.

Su talón se clavó en mi espalda mientras gritaba su liberación, llevada al clímax tan fácilmente. Su vagina apretó la punta de mi dedo como si quisiera introducirlo, necesitando desesperadamente ser llenada. Sus jugos se derramaron en mi mano. Ella estaba tan caliente que continué lamiendo, chupando su carne tierna hasta que sus músculos se relajaron y ella quedó allí jadeando, tratando de recuperar el aliento.

Le besé el muslo mientras me sentaba sobre mis talones, agarrándole los tobillos y colocando sus pies en el borde mismo de la cama. Miré a Mason y asentí. Él se puso de pie y se dirigió al vestidor, trayendo de vuelta el tapón tallado a mano y el frasco de pomada. Cambiamos de lugar, Mason se movió hacia los muslos de ella, y obtuvo una vista muy directa de su vagina necesitada.

—¿Ves esto, cariño? —Levanté el tapón delgado para que ella lo viera. Sus ojos aún estaban nublados, su piel sonrojada de un bonito color rosa, una pizca de sudor cubría sus senos—. Esto va a hacerte sentir tan bien...

Un pequeño ceño se formó en su frente. Sumergiendo mis dedos en la pomada, cubrí el extremo del tapón.

—Rhys hace estos. Además de ser un carpintero excepcional, es muy hábil en la fabricación de consoladores y tapones. Es un maestro en el torno. —Su ceño fruncido creció—. Esto no es solo para husos.

Le pasé el tapón a Mason.

—Este es muy pequeño, muy delgado, pero tiene dos áreas redondas. ¿Ves eso? —Mason lo levantó antes de colocar la punta redonda en su entrada trasera.

Ya no estaba confundida.

—¡Mason!

—No podemos llenar tu vagina, te lo prometimos. Tu culo, sin embargo, va a ser abierto y esto ayudará a estirarte.

Laurel negó con la cabeza en desacuerdo.

—¿Por qué querrías hacer eso? —Hizo una mueca de dolor cuando Mason empujó el tapón contra su anillo de músculo.

—Porque el juego del culo se siente bien y cuando un pene te llene allí, te va a encantar.

Sus ojos se ensancharon al considerar mis palabras.

—Relájate, cariño. Mírame a mí. Eso es. Respira profundo, ahora exhala. Buena chica.

—Justo así, Laurel —agregó Mason mientras la punta se introducía. El tapón era largo y delgado, más estrecho incluso que mi dedo meñique. El extremo tenía una punta redonda, de modo que se ensanchaba ligeramente, y luego tenía una segunda sección redonda de unas dos pulgadas por debajo de la longitud. Le pedimos a Rhys que creara un tapón que fuera más un juguete que algo que dejaríamos dentro de ella, solo era una introducción al juego del culo—. Lo tomaste tan bien. —Mason pasó un dedo alrededor del tapón, tocando el anillo ligeramente estirado y dejando que los nervios de allí se despertaran.

Los ojos de Laurel se abrieron con sorpresa.

—¿Lo ves? —le pregunté—. Se siente bien, ¿no es así?

Ella no respondió, solo comenzó a respirar con dificultad una vez más cuando Mason comenzó a mover el tapón hacia adentro y hacia afuera, dejando que la parte redonda de la punta la golpeara en una dirección, mientras que la sección redonda secundaria empujaba en la otra. Él continuó trabajando lentamente su culo mientras yo bajaba la cabeza y la besaba. No pude resistirme. Ella era tan dulce, tan inocente; podía sentir cada bocanada de aliento, cada gemido suave a cada paso de su despertar. Su lengua se encontró con la mía, tímidamente, y luego carnalmente cuando su mente se liberó y su cuerpo se apoderó de ella. Cubrí un seno con la palma de la mano y froté el pulgar sobre la punta distendida al mismo tiempo que el propio pulgar de Mason rodeaba su clítoris.

Se estremeció una vez y gritó contra mi boca, su cuerpo se arqueó y su pecho llenó mi palma. Su orgasmo continuó y levanté la cabeza para mirarla. Tan hermosa, tan perfecta. Las manos de Mason se ralentizaron, y luego se detuvieron sobre su cuerpo. No podía esperar más. Mi pene estaba desesperado y presionando dolorosamente contra mis pantalones. Colocándome de rodillas, me desabroché la hebilla de mi cinturón, abrí el cierre de mis pantalones y mi pene se liberó.

—Arriba sobre tus manos y tus rodillas, cariño. —Mi voz era áspera y oscura. Mason la ayudó a darse la vuelta y tiró de sus caderas hacia atrás. El tapón todavía estaba muy profundo dentro de ella y pude ver un poco de este sobresaliendo de su trasero. Me moví así que la cabeza de mi pene solo rozó sus labios—. Ábrela para mí.

Los ojos de Laurel, tan verdes y un poco borrosos por su placer, se concentraron en mi pene.

—Abre la boca —repetí—. Lame la cabeza.

—¿Por qué? ¿Por qué haces esto? —preguntó. No había calor en sus palabras, solo confusión en cuanto a cómo podíamos trabajar su cuerpo de tal manera.

—Para hacerte sentir bien —le dije—. ¿No te hacemos sentir bien? ¿Quieres volver a venirte?

Ella asintió, con la punta de su nariz golpeando mi pene, y ahogué un suspiro.

—Te vendrás por jugar y follar de muchas maneras diferentes. No solo nuestros dedos sobre ti. Te vendrás con algo en el trasero. Te vendrás con algo en la boca. En última instancia, te vendrás con algo en tu vagina. Solo confía en nosotros para que siempre te demos tu placer. Buena chica. Chupa mi pene y Mason te hará correrte otra vez.

Él la folló cuidadosamente con el tapón una vez más y ella gimió, con su mano libre deslizándose a través de sus pliegues.

—Está tan mojada.

Laurel gimió. Yo gemí, agarré la base de mi pene en mi mano.

—Chúpamelo, cariño.

—Yo... no sé cómo.

—Solo méteme en tu boca y lámeme como un chupador de caramelos. Confía en mí, no puedes hacerlo mal. —Tan solo la idea de esos labios deliciosos a mi alrededor me tenía listo para venirme.

Tímidamente, me tomó en su boca, era una caverna caliente y húmeda tan asombrosa que sentí que mis pelotas se hinchaban. No iba a tomarme mucho tiempo terminar. Solo con verla así, con los senos pesados balanceándose debajo de ella, las caderas anchas y perfectas para aferrarse a ella cuando folláramos, la forma de su culo lleno, el tapón pendiendo de este... Todo en ella me excitaba. Me ponía duro. Me tenía... a punto de... venirme.

Me tomó hasta la parte posterior de su garganta y gritó sorprendida por cómo la llené. Gruñí solo por la vibración. Puse mi mano en la parte posterior de su cabeza para guiarla, para frotar su cabello sedoso y para que así supiera que estaba contento, justo cuando Mason folló su trasero con el tapón estrecho. Cerré los ojos, apreté los dientes y ella lamió la parte inferior de mi pene. Eso fue todo.

—Me voy a venir, Laurel. Trágatelo todo.

Empujé mis caderas hacia adelante a medida que mi pene se hinchaba incluso más, llenando su boca mientras pulso tras pulso mi semen colmaba su boca. Hizo un suave sonido de sorpresa y vi su garganta trabajando mientras se lo tragaba. Mason debió de haber tocado su clítoris porque Laurel se vino, con su boca abriéndose alrededor de mi pene mientras gritaba su liberación. Me quité de sus labios y dejé que saboreara la increíble sensación que la bañaba.

Laurel cayó sobre sus antebrazos, con su cabeza descansando sobre el edredón. Era la posición perfecta de sumisión. Mason gruñó profundamente en su garganta. Se abrió el cierre de los pantalones y se sacó el pene. Intercambiamos lugares y me hice cargo de la diversión de jugar con el culo de Laurel. Mason había tenido toda la diversión hasta ahora, pero entonces me tocaba a mí.

—Arriba, cariño. Es el turno de Mason de sentir tu dulce boca. —Mason la ayudó a levantarse y le dio de comer su pene. Ella aprendía rápido y sabía qué esperar. Dos orgasmos en rápida sucesión también la hicieron bastante flexible y ansiosa por complacer.

—Vas a venirte una vez más por mí, cariño.

Los labios de su vagina estaban rojos, hinchados, mojados, y su clítoris era una perla dura que pedía ser tocada de nuevo. ¡Y su culo! Este era un sitio impresionante. La pomada brillaba alrededor de su entrada trasera, su cuerpo apretaba el delgado tapón. Fue beneficioso que acabara de venirme o incumpliría nuestra promesa anterior de no llenarle la vagina y follarla. Cuando Laurel se movió sobre el pene de Mason, empecé a trabajar en el tapón. Esta vez, en lugar de dejar que se deslizara entre las dos curvas más anchas, lo empujé más profundamente para que la forma de la pelota estirara su trasero, y luego lo rodeara, tomándolos a ambos —el que estaba al final y este segundo— profundo, hacia adentro. Cuidadosamente, saqué la parte redonda para que saliera, y luego la volví a meter. Esto hizo que su trasero se estirara más que nunca antes, una y otra vez.

Laurel se congeló en su lugar, el pene de Mason colmaba su boca mientras se ajustaba a este nuevo asalto. Sonreí, emocionado por su respuesta. No lo estaba evitando ni apartaba sus caderas. Gimió, hubo un profundo sonido corporal de puro placer. Mason comenzó a moverse, follándola lenta y cuidadosamente con su pene, permitiendo que Laurel se quedara quieta mientras yo introducía y sacaba la parte redonda del tapón. Adentro. *Plop*. Afuera. *Plop*.

Ni siquiera tuve que tocar su clítoris para hacerla venir. Estaba tan sensible por sus orgasmos anteriores y el despertar de nuevos sentimientos provocados por el tapón en su culo que se vino otra vez. Mason estaba listo, más que listo y se vino al mismo tiempo. Cuando sacó su pene gastado de la boca de ella, Laurel se desplomó sobre la cama. Cuidadosamente, liberé el tapón completamente y vi cómo se le cerraba el culo. Ella no se movió mientras lo hacía y me di cuenta de que se había quedado dormida, así que la moví hacia una almohada y la puse debajo de las sábanas.

Si así era cuando jugábamos con su culo, solo podía imaginar lo increíble que sería cuando finalmente pudiéramos reclamarla juntos, con su culo y su vagina llenos de nuestros penes al mismo tiempo. Sería la última reclamación, el máximo placer.

# 8

## Laurel

Desperté, por segundo día consecutivo, en los brazos de dos hombres. Era temprano, la luz a través de la ventana solo tenía el más mínimo indicio de rosado. El sol no había salido todavía.

—Duerme, cariño —murmuró Brody con voz profunda.

Mason —yo estaba comenzando a diferenciar los tactos de los hombres— me frotó el brazo con su mano. Estaba caliente y me sentía segura y protegida. Sabía que nada iba a hacerme daño con estos hombres a mi alrededor. Me habían dado placer, quizás de maneras que nunca imaginé, pero había sido increíble. Dudaba de todas sus acciones cuando se trataba de tocar mi cuerpo, porque sabía que me estaban presionando, enseñándome actividades carnales que debía considerar inapropiadas. Ahora, sin embargo, después de que me dieron los orgasmos más increíbles al ceder a sus demandas sobre mi cuerpo, no podía cuestionarlos. ¡Colocaron un objeto duro en mi entrada trasera! Me negué, porque la idea había sido ridícula. Pero cuando me vine tan duro, tan intensamente por las sensaciones punzantes y agudas que había provocado el tapón, ya no pude cuestionarlo más. Lo deseaba.

Calmada por sus atenciones y cuidados continuos, cerré los ojos e hice lo que Brody me dijo. Cuando desperté de nuevo, estaba sola en la cama. Al sentarme, encontré mi vestido, con el que llegué, tendido al pie de la cama con mi corsé encima junto con la falda y la blusa de Ann. Me preparé para el día en el aguamanil y el cántaro, arreglé mi cabello en el espejo de arriba e intenté ponerme la ropa de Ann. La cintura estaba demasiado ajustada en la falda y no solo las mangas de la blusa eran demasiado cortas, sino que no podía abotonar la parte delantera. Abandonando esas opciones, me puse mi propio vestido. El corpiño estaba terriblemente roto, le faltaba la mitad de los botones, pero con el corsé puesto de manera segura, solo se veía mi escote por encima de la tela blanca. Al juntar los dos lados del corpiño, mostraba la menor cantidad de piel desde que llegué.

Encontré a los hombres abajo, el olor a café y tocino me atrajo hacia ellos. Estaban en la mesa comiendo cuando entré y se pusieron de pie. Les di una pequeña sonrisa, pero no supe qué decir. Lo último que recuerdo de la noche anterior era haberme metido el pene de Mason en la boca. Brody había estado jugando con el tapón en mi... trasero. Me había venido por tercera vez y el placer era tan intenso, tan agudo, que era como si un cuchillo atravesara mi reserva.

—Tenemos un plato calentándose para ti. —Mason fue a la estufa y tomó un plato cubierto de la esquina trasera y lo trajo a la mesa—. ¿Café?

Me senté y los hombres me siguieron.

—Sí, gracias.

—Pensamos que hoy querrías pasar el día con Ann y Emma. Estarán juntas en la casa de Ann y puedes unirte a ellas —Brody habló como si no hubiera salido corriendo de la cena grupal la noche anterior.

—¿No estarán molestos conmigo? —pregunté tentativamente, tomando un sorbo de mi café.

Ambos hombres fruncieron el ceño.

—¿Por qué? —preguntó Brody—. No has hecho nada malo.

—Pero anoche...

Mason levantó una mano para detener mis palabras.

—Anoche no reconocimos tus verdaderas preocupaciones hasta que fue demasiado tarde. Es culpa nuestra, no tuya. Tu vestido necesita ser arreglado, pero es mejor opción que mi camisa, aunque me pareces muy atractiva usándola.

—¿Quizás puedas usar nuestras camisas aquí en la casa? —preguntó Brody, con una ceja pálida levantada.

Parecía tan ansioso por la idea, como un colegial, y no pude evitar sonreír. Recordé cómo me hicieron sentir tan bien, una y otra vez.

—¿Solo para ustedes?

—Sólo para nosotros —dijo Mason y Brody asintió.

Se veían tan guapos cuando sonreían, complacidos por algo tan simple como mi compromiso con la ropa. Tan considerado y... amable. Era una sensación extraña e inusual sentirme segura, feliz incluso, con ellos.

Andrew nos abrió la puerta una hora más tarde. Una vez más estaba en los brazos de Mason y me sentía bastante inválida, aunque esta vez mi abrigo se había secado y pude usarlo para calentarme, en vez de una manta. Y tenía las botas en las manos.

Ann nos encontró en la puerta junto con otra mujer que asumí que era Emma. Ella era lo opuesto a Ann, más alta y de cabello oscuro. Las dos me sonrieron y me sentí más tranquila.

Brody sacó la blusa y la falda prestada de Ann y la mujer las tomó y las colocó en la barandilla que llevaba hacia arriba, luego tomó mi abrigo y lo colgó en una clavija junto a la puerta.

—Me temo que el tamaño era demasiado pequeño. —Levanté mis botas—. ¿Quizás tengas algunos cordones de repuesto?

—Por supuesto. En la cocina. Te arreglaremos el vestido y quedará tan bien como si fuera nuevo —dijo Ann muy alegremente, tal vez un poco preocupada por si volvía a empezar a llorar cerca de ella una vez más—. Aún no has conocido a Emma. Ella ha estado muy ansiosa por conocerte.

Emma se me acercó y enganchó su brazo al mío.

—Vamos, dejemos que los hombres hablen de su día.

Me volví y miré a Mason y a Brody de pie con Andrew. Una sonrisa fue todo lo que pude ofrecer mientras me alejaban.

En la cocina, Ann tomó mis botas y las colocó en la puerta trasera junto a otro par.

—Debería ser civilizada y ofrecerte té, pero ambas preferimos el café. ¿Te parece bien?

Asentí. Emma se pasó una mano por el vientre. No era

demasiado prominente todavía, pero pronto necesitaría cambiar sus vestidos.

—¿Cuándo vendrá el bebé? —pregunté.

—En el verano —contestó Emma sonriendo.

—Ella nunca vomitó por las mañanas como yo, lo que me pone furiosa —regañó Ann.

Emma sonrió y movió las cejas.

—Estabas tan lujuriosa como yo.

Ann se sonrojó, pero no lo negó.

—Disfrútalo ahora. —Hizo un mohín y miró al bebé dormido en la cuna—. Tus hombres no te volverán a tocar durante semanas y semanas. Quizás nunca —refunfuñó.

—¿Qué? Los he visto tocarte y parecías muy complacida.

Ann frunció los labios.

—Cierto, pero no me han *follado* desde antes del nacimiento. Estoy curada. De verdad. Pero insisten en complacerme de otras maneras.

La forma en que hablaban de lo que ella hizo con sus esposos tan abierta y fácilmente me sorprendió.

—Oh, lo siento, Laurel. Tú no estás familiarizada con tales maneras —contestó Ann.

Me encogí de hombros y sentí mis mejillas acalorarse, mi virginidad era un obstáculo para participar en la conversación.

—Seguramente Mason y Brody te han enseñado *algo* de lo que harán contigo. —Ann me miró tan esperanzada. Estaba descubriendo que ella era muy romántica.

—Todos los hombres de Bridgewater son lujuriosos y esos dos no pueden quitarte las manos de encima. Tu cabello rojo es tan bonito —añadió Emma.

Lujurioso no describiría a Mason y a Brody. Ellos eran... dominantes, posesivos, potentes, pensativos, exigentes, considerados. Amables.

Ambas mujeres me miraron expectantes.

—Tú me viste anoche, Ann, usando tan solo la camisa de Mason. Obviamente *algo* ha pasado con ellos, pero... yo... no puedo compartir. —Estaba demasiado mortificada para pensar en ello, y mucho más para compartirlo con los demás.

Las cejas de Emma se elevaron y Ann le contó los detalles, incluyendo mi retiro apresurado.

—Están siendo muy protectores contigo.

El bebé comenzó a quejarse, así que Ann lo cargó, lo metió en su brazo y se abrió la blusa para amamantarlo, la mano regordeta del niño le dio una palmada distraídamente. Ella parecía muy hábil como madre, incluso con el bebé siendo tan pequeño.

Emma tomó un sorbo de su café.

—Durante la primera hora de llegar al rancho con Kane e Ian, Mason llegó a la puerta del dormitorio para anunciar la cena mientras ellos me afeitaban la vagina y me estiraban el trasero por primera vez. Estaba completamente desnuda y aunque él no podía *ver* lo que ellos estaban haciendo, lo *supo*. Fue mortificante para mí.

Mi boca se cayó y una extraña sensación me bañó. ¿Mason había sido parte de eso, incluso solo tangencialmente? ¿Sabía lo que sus esposos le estaban haciendo? No me gustaba eso. No me gustaba para nada. Saqué una silla y me senté. ¿Significa eso que Mason me estaba usando para pasar el tiempo? ¿Usándome por placer durante una tormenta de nieve y eso era todo?

Ann colocó su mano sobre la mía sacándome de mis pensamientos.

—Parece como si quisieras arrancarle los ojos a Emma.

—Eso me sacó de mis pensamientos celosos. Así era como

estaba. Celosa—. Emma no tenía control sobre la situación, como puedes imaginar. No pienses mal de Mason tampoco. Como aprendiste anoche, los hombres tienen diferentes maneras. Honorables maneras que tal vez vayan en contra de cómo fuimos criadas, el pueblo, todos, pero honorables a pesar de todo. Tal vez aún más. No te preocupes por la devoción de Mason, porque él solo te atenderá a ti.

Fruncí el ceño.

—Esta palabra "atendida" se usa a menudo por aquí.

Ann se encogió de hombros.

—Eso es porque es lo que nuestros esposos hacen. Atienden nuestras necesidades. Las suyas también, pero las nuestras siempre son lo primero. Anoche, mi leche se desbordaba y mis hombres aliviaron la incomodidad, sin importar si la cena estaba lista o si teníamos invitados. —Ella sonrió—. Me he acostumbrado al orgasmo cuando beben de mí. Me han entrenado para responder de esta manera porque quieren que sienta placer de mi cuerpo, de lo que le hacen a este.

Tenía sentido.

—¿No estás avergonzada?

—Al principio lo estaba, cuando estábamos recién casados. Pero he aprendido que todo lo que me hacen es *por* mí. Puede que no me guste, al menos al principio, pero ellos saben lo que es mejor, y siempre me dan placer.

Pensé en cómo habían llenado mi entrada trasera la noche anterior. Al principio, me resistí, cuestioné todas sus acciones. Pero lo habían hecho por mí, para hacerme sentir bien. Lo dudé, pero cumplieron todos sus votos, todas sus promesas de placer. Las palabras de Ann dieron en el blanco y solo me tranquilizaron. Me hizo pensar que lo que Mason y Brody hicieron conmigo fue... normal.

—Incluso en el castigo. O al menos después —añadió Emma.

—¿Castigo? —pregunté, cautelosa. ¿Qué quería decir con castigo?

Ambas mujeres asintieron.

—Nos castigan por indiscreciones, pero es por nuestra seguridad, por nuestro propio bien.

—¿Las golpearon? Los maestros de la escuela nos pegaban en la palma de la mano con reglas.

Ambas mujeres parecían horrorizadas.

—Ellos me dan azotes —contestó Emma—. No es una experiencia placentera... al principio, pero algo sobre esto siempre me pone húmeda.

Era mi turno de parecer aturdida.

—Como dije, ellos siempre nos hacen venirnos... eventualmente —Ann sonrió.

No veía cómo un azote podía provocar la excitación, pero tuve que ceder a su juicio experto al respecto.

Emma se sentó en una silla, en la incómoda forma de las mujeres embarazadas.

—Toda esta charla me tiene ansiosa por mis hombres.

—Estarán aquí para almorzar y podrán atenderte entonces —contestó Ann, con una sonrisa astuta formándose en sus labios. Lo reconocí porque yo tenía una similar en el rostro después de que los hombres me hicieron venirme.

—Tal vez Mason y Brody puedan atenderte durante el almuerzo también —Emma sonrió, como una casamentera. Era llamativa con su cabello oscuro y ojos pálidos. Desafortunadamente, ella no sabía que yo no tenía ninguna intención de quedarme en Bridgewater y no era la indicada para Mason y Brody. Yo solo era un capricho pasajero, una mujer con la que tuvieron un pequeño coqueteo en una tormenta de nieve. Si tan solo se me ocurriera una manera de irme, dejaría que todos ellos volvieran a su inusual, pero idílica, vida.

# 9

*M*ASON

Con Laurel instalada con las otras mujeres y el clima mucho mejor, pudimos ocuparnos de las tareas que se habían dejado de lado. Caballos que alimentar, establos que limpiar, tachuelas que reparar. Incluso en la casa, había que llenar cajas de leña. Estábamos comiendo un almuerzo frío y apresurado cuando escuchamos los caballos. Miré a Brody desde el otro lado de la mesa. Su mandíbula se apretó.

Nos pusimos de pie simultáneamente y cogimos nuestros abrigos. Brody tomó el rifle desde arriba de la puerta y nos encontramos con un grupo de hombres a caballo. El sol estaba a nuestra espalda así que tuvieron que entrecerrar los ojos ante la nieve brillante. Allí estaba el alguacil Baker, Nolan Turner y tres hombres que no conocía. El único hombre con un arma era el alguacil, y la suya sobresalía de la parte trasera de su alforja.

—Caballeros —dije.

Brody estaba a mi lado.

—Mierda —murmuró.

Estaba pensando lo mismo, pero no dejé que se notara ninguna emoción.

—Parece que tienes un caballo muerto en tu propiedad desde hace mucho tiempo —dijo Harding. Se inclinó hacia adelante sobre su pomo, con su sombrero protegiendo sus ojos. Supe que eran astutos y muy malvados cuando él se puso a pensar en ello. Nada bueno pasaba cuando el hombre estaba cerca.

Yo había aprendido sus métodos hacía unos años cuando se me acercó en el pueblo, ofreciéndome un trago. Como nunca lo había visto antes, su falsa amistad me hizo tener cautela. Acepté solo para averiguar las intenciones del hombre. Nuestros ranchos estaban a kilómetros de distancia, con varias extensiones más pequeñas entre ellos. Durante el primer trago de whisky, Harding me contó del plan que había ideado para forzar a vender a quienes estaban en el medio, para ampliar nuestras propiedades. Después del tercer disparo —el hombre no era un hombre de moderación— incluso había mencionado una alianza por medio del matrimonio; su hija acababa de llegar a su mayoría de edad, había dicho. Nunca había conocido a la chica, demonios, nadie la había conocido. Ella había sido enviada a...

Oh, mierda. La identidad de Laurel ya no era un misterio. Hiram Johns no era nadie más que Nolan Turner. Eso significaba que ella era la hija de Nolan Turner. Su hija fugitiva. Y el hombre del caballo de al lado era el hombre con quien se iba a casar. La descripción que dio ayer en el desayuno fue bastante exacta. No dejaría ni que el perro rabioso de mi vecino se casara con él.

Los otros dos hombres debían ser matones de Turner o de Palmer.

—Se rompió la pierna —contestó Brody.

—Eso es bastante obvio —murmuró Turner, claramente no divertido—. Lo que me falta es una hija.

Miré a Brody y luego a los hombres.

—Nunca la he visto.

Podía haber sido la verdad, porque Laurel nunca había dicho que era la hija de Turner para que Dios no me matara, al menos hoy.

—Está mintiendo —dijo el gordo. No había una palabra mejor para él que esa. El hombre era un viejo gordo y sentí pena por su caballo.

El alguacil Baker negó con la cabeza y extendió la mano para detener al hombre.

—Palmer, no vayas a acusar a la gente de cosas que no tienes pruebas.

—Para hacer su trabajo más fácil, alguacil, es bienvenido a registrar la casa —dijo Brody.

El hombre miró a los demás.

—Eso me parece muy amable, ¿no te parece, Turner?

—Este rancho es grande. Ella podría estar en cualquiera de las casas —dijo Palmer.

—Si disparo tres tiros con mi rifle, los otros en el rancho vendrán hacia aquí —dijo Brody. Puedes preguntarles todo sobre tu hija desaparecida e ir de un lugar a otro buscando, pero no quiero que me disparen por apresurarme con mi arma. Alguacil, si puede disparar, nadie saldrá herido por unos dedos inexpertos en el gatillo.

El alguacil hizo precisamente eso, los ruidosos informes de su arma resonaron en el aire tranquilo.

A lo lejos, podía ver a los demás salir de sus casas, del establo, del granero.

—Aquí vienen ahora —dije, tratando de ser amable cuando todo lo que quería era disparar a los bastardos—. Vendrán hasta aquí tan rápido como puedan con la nieve.

—Mientras tanto, entra y busca —dijo Brody.

Turner y Palmer empezaron a desmontar rápidamente.

—Solo uno. No necesito que todos ustedes arrastren la nieve y el lodo por toda mi casa.

—Ahora mira aquí —gritó Palmer.

Brody levantó una mano.

—¿Qué pasa, Turner? ¿Necesitas ayuda para buscar a una mujer en una casa?

El tiro dio en el blanco. Turner impidió que Palmer bajara, sino que bajó él mismo. Tenía más de cincuenta y tantos años y seguía siendo activo.

—La encontraré —juró.

Turner subió los escalones y nos alejamos de su camino, permitiéndole que llegara hacia la puerta.

—Sacúdete los pies —le recordé.

Maldijo mientras lo hacía.

Pasó un minuto y nos quedamos de pie pacientemente en el porche. Los otros hombres de Bridgewater se acercaban con los rifles en la mano. Brody y yo estábamos seguros de lo que encontraría, o no encontraría. Palmer y los demás parecían incómodos e impacientes.

Finalmente, Turner volvió a salir sosteniendo un par de bragas de mujer.

—Ella está aquí.

Brody hizo una gran muestra de suspiros, se rascó la cara y trató de parecer arrepentido.

—Ahora Turner, ¿las encontraste en mi tocador? —Él negó con la cabeza y sonrió—. ¿Nunca te quedas con un premio cuando estás en casa de Belle? La dulce Adeline de cabello rubio largo y tetas grandes, la convencí de que me diera esas la semana pasada.

Turner se sonrojó.

—¿Qué está pasando? —dijo Kane, con su rifle colgado sobre su brazo. Junto a él estaban Simón, Rhys e Ian. La lucha, a los ojos de Turner y Palmer, se había vuelto equilibrada. Sin embargo, Brody y yo podríamos habernos hecho cargo de todos nosotros mismos. Sentía la necesidad hacerlo. Solo ver a Palmer era repugnante. ¿*Él* se habría casado con Laurel si ella no se hubiera aventurado a salir en la tormenta? No me extrañaba que ella arriesgara su vida para escapar.

—Parece que está desaparecida una mujer. La hija de Turner.

—¿Ese es tu caballo, Turner? —Simón gritó—. Es terrible perder un caballo en un descanso. Escuché que Mason lo sacrificó, así que debes estar agradecido de que no sufriera.

—¿A quién diablos le importa el caballo? Necesito encontrar a mi hija. —Puso sus manos sobre sus caderas, las delicadas bragas soplaban con la ligera brisa.

—Un par de prendas innombrables de dama no encuentran a una mujer —comentó el alguacil Baker—. Especialmente desde que sabemos que todos hemos aprovechado a las chicas de Belle una o dos veces.

—Entonces continuaremos nuestra búsqueda —añadió Turner.

—¿Qué te tiene tan caliente debajo del cuello por esta chica? —preguntó Ian, con su acento escocés bastante espeso. Sabía que esto significaba que estaba enfadado, pero Palmer no lo sabía.

—Es mi prometida —dijo Palmer.

*Prometida*. De ninguna manera. Laurel era nuestra y él no le pondría un dedo encima.

—Les dije a los hombres que podían registrar toda la propiedad —dije a los demás y asintieron con la cabeza—. Si está satisfecho de que su hija no está en mi casa, ¿podemos seguir adelante? La casa de Andrew, ah, aquí viene ahora, sería la siguiente.

Andrew se acercó, con el rifle en la mano, Robert a su lado. La fiesta de Turner estaba ahora ciertamente fuera de combate. Teníamos dos pomposos charlatanes, un alguacil de un pequeño pueblo cuya pistola descansaba en su alforja y dos esbirros. No eran rival para un grupo de hombres del regimiento con una mujer que proteger.

—Escuchamos los disparos.

Turner se acercó a su caballo y lo montó, todo el grupo se aproximó hasta llegar exactamente a donde estaba Laurel. Estaba seguro de que ella estaba bien escondida, ya que habíamos planeado tales contingencias. Éramos hombres del regimiento preparados para todas las situaciones, especialmente las peligrosas.

Cuando estuvimos frente a su casa, Andrew dio un paso adelante, levantó su mano.

—Alguacil, permitiré que *usted* registre mi casa. Mi esposa, Ann, está adentro con nuestro nuevo bebé y no quiero que se asuste.

—Mi esposa la está visitando, y yo estoy de acuerdo —agregó Kane—. No quiero que tema por su seguridad en su propia tierra.

El alguacil Baker asintió con la cabeza y desmontó.

—Espera, no creo que...

El alguacil cortó a Turner.

—¿No confías en mí para que haga mi trabajo, Turner?

Eso hizo que el hombre resoplara, pero no dijo nada más.

Se volvió hacia Andrew.

—Me enteré de lo del bebé. ¿Un niño?

Andrew asintió con la cabeza y sonrió con orgullo paternal. También vi que Robert estaba contento con la preocupación del alguacil, pero se contuvo. Nuestras costumbres no eran las de Simms, ni las del alguacil, y queríamos que siguiera siendo así. Andrew era el hombre legalmente casado con Ann y entonces sería el único padre del bebé a los ojos del alguacil.

—Christopher.

Andrew condujo al policía por los escalones del porche y entraron, ambos se quitaron el sombrero como lo hacían. Pude ver a Ann a través de la puerta abierta, el bebé en sus brazos con Emma de pie a su lado.

Cerraron la puerta detrás de ellos para mantener el calor dentro. Mientras esperábamos, era hora de obtener información de los otros hombres.

—Es muy noble de tu parte estar preocupado por tu hija —le dije neutralmente.

La mirada de Turner se desplazó desde la puerta principal cerrada hacia mí.

—Cuando tengas un hijo, lo entenderás.

—¿Ah? ¿No la mandaste a la escuela cuando era solo una niña? —preguntó Kane, cruzando los brazos sobre su pecho. Su aliento salió en bocanadas de blanco.

—Usted no sabría los motivos aquí, señor Kane, siendo de otro país y todo eso —contestó Harding.

—Creo que los ingleses ganamos el premio por los internados —agregó Brody—. ¿Por qué ella salió a montar cuando el clima estaba tan malo?

Turner giró la cabeza en dirección a Brody. Los tendones en el cuello del hombre mayor sobresalían.

—Puede que esté un poco loca —mintió, aunque muy mal.

—Entonces, Palmer, ¿ese es tu nombre? —Cuando el hombre asintió, continué—. Si la chica está un poco loca, ¿por qué te casas con ella?

Se puso rígido en su silla de montar.

—No me caso con ella por su mente.

—¿No te preocupas por los niños tontos entonces? —preguntó Ian, poniendo un poco más de énfasis en su acento.

—Hay más en juego aquí que eso —admitió el hombre.

—¿Ah sí? ¿Y qué es eso? —preguntó Robert—. Cuando no la encuentres en Bridgewater, ¿dónde vas a buscarla después? Hay mucha tierra donde puede estar.

—Su caballo —dijo Turner— yace muerto en tu propiedad.

—Entonces la chica podría estar muerta en cualquier lugar entre su rancho y aquí —añadió Simón.

El alguacil salió entonces, Andrew siguiéndolo. Ann se puso de pie en la puerta.

—Ella no está ahí, Turner. Diablos, no está aquí. Estos hombres la habrían llevado al pueblo cuando el tiempo se despejara o al menos la hubieran entregado apenas llegamos. —El alguacil suspiró—. No vamos a registrar todos los establecimientos de la propiedad, ¿verdad?

—¿Registraste la casa de los Carter? ¿Qué tal los Reeds? Pasaste por sus dos ranchos, están en camino hacia aquí —preguntó Kane.

Me di cuenta por las miradas de enojo en las caras de Turner y Palmer que no lo habían hecho.

—¿Hay algún tipo de prejuicio en juego aquí, alguacil? —pregunté.

El alguacil Baker levantó la mano.

—El animal está en tu tierra —ofreció.

—Como dije antes de que salieran, podría haberse caído en cualquier sitio entre la finca de Turner y aquí. La tormenta fue muy fuerte, y ¿para que una mujer salga sola? ¿Crees que lograría llegar tan lejos? ¿Viva?

El alguacil asintió sabiamente.

—Vámonos, caballero. Ya les hemos hecho perder suficiente su tiempo.

Los hombres no se veían felices. Turner y Palmer no tenían el trato de negocio sin Laurel y los dos matones no tenían caras que romper. El alguacil Baker se subió a su caballo y le dio una palmada a su sombrero. Fue el primero en dar la vuelta a su animal y el resto, a regañadientes, lo siguió.

No fue hasta que se hubieron ido por la ligera subida en la distancia, la que indicaba que iban camino de regreso al pueblo, que entramos. Era hora de saber la verdad, toda la verdad, de parte de Laurel.

## 10

## Laurel

Cuando escuchamos los disparos, las damas se congelaron en donde estaban. Ellos me habían dicho que tres disparos significaban que algo estaba terriblemente mal e indicaban que se necesitaban hombres para ayudar de inmediato. A los pocos minutos —lo cual se sintió como una eternidad—, Andrew irrumpió en la cocina por la puerta trasera y me llevó a lo que él llamaba el Agujero del Sacerdote. Era un espacio secreto para esconderse construido debajo de la escalera. Un cerrojo secreto abrió la puerta y me acomodé fácilmente dentro.

Andrew, en términos inequívocos, me dijo que había hombres en la casa de Mason y Brody y que lo más probable era que me estuvieran buscando. Había reconocido al alguacil, incluso en la distancia, lo que significaba que no había un peligro real. Solamente era para mí. Él me habría apartado del camino para buscar a Ann y al bebé en primer lugar si realmente hubiese un verdadero peligro.

Por supuesto que era mi padre. Mason y Brody asumieron que vendrían a buscarme y yo también lo sabía. Yo simplemente no quería creer que vendrían. Eso solo significaba que yo seguía siendo valiosa para ellos. No se *preocupaban* por mí, solo me necesitaban para su propio beneficio personal, fuera lo que fuera. Mi estómago se apretó ante la idea de que el señor Palmer o mi padre me encontraran y fui al espacio escondido sin quejarme. Ann me dio una manta para sentarme y estuve lo suficientemente cómoda, pero el tiempo transcurría muy lentamente en la oscuridad.

Escuché las voces de las mujeres, aunque silenciadas, el alboroto del bebé, y luego se calmaron. Me concentré en mi respiración y en mantenerme lo más quieta posible. El sonido de las voces de los hombres me hizo escuchar atentamente. Una voz era la de Andrew, la otra no la reconocí. Hablaron del bebé en un tono tranquilo y agradable.

—Eres bienvenido a buscar en la casa, alguacil —dijo Andrew.

—No me importa si ella está aquí o no. De hecho, si estuviera aquí, la escondería. Turner es un dolor en mi... —tosió, después continuó— discúlpenme, damas. Él es bastante difícil. Añadan que Palmer y esos dos son como serpientes de cascabel. Viciosos. Malévolos. Astutos. Están tramando algo más para dejar a esa pobre chica sola.

—¿Pobre chica? ¿A qué se refiere, alguacil? —preguntó Ann—. ¿La han lastimado?

—La señora Turner murió al dar a luz a la niña y el hombre nunca lo superó. Por lo que recuerdo, probablemente la culpó por matar a su propia madre, y luego la envió a una escuela lejana. No he visto ni un pelo de ella desde entonces.

—Entonces, ¿cómo sabe que está desaparecida o incluso de vuelta en Simms? —preguntó Andrew.

Hubo una pausa.

—No lo sé. Si sabes algo de esta chica, mándamela a mí, no de vuelta con su padre. No se lo desearía a mi peor enemigo.

—Gracias, alguacil, lo haremos.

—Señora.

Solo escuché silencio durante varios minutos extensos, asumiendo que salieron. Después escuché pasos. La puerta se abrió y yo salté, la luz me cegó.

—Sal, cariño. Se han ido —dijo Mason.

Agarré su mano y me puse de pie, parpadeando contra la brillante luz del sol. Me aferré a él con fuerza no solo porque tenía pinchazos en las piernas por haber estado sentada, sino porque necesitaba la conexión. Todos estaban allí y me estaban mirando fijamente. Mason y Brody. Robert, Andrew y Ann. Rhys, Simón y Cross. MacDonald y McPherson. Emma con dos hombres que asumí que eran sus esposos, Ian y Kane.

—Laurel, ¿te gustaría presentarte? —preguntó Brody.

Lo miré a él y luego a todos los demás. Aunque no fueron hostiles, ciertamente no estaban felices. Tragando saliva, supe que no tenía más remedio que decir la verdad. Todo la verdad.

—Me llamo... me llamo Laurel Turner.

—¿Por qué no nos dijiste eso antes? —preguntó Mason, su boca era una línea delgada.

—Tenía miedo, miedo de que supieran quién era mi padre y me enviaran de regreso.

—¿Enviarte de regreso hacia ese maldito bastardo?

—Yo... no los conocía. Él tiene poder y riqueza en esta comunidad y no sabía si eran amigos.

—Trajiste peligro a mi puerta, a mi familia —Andrew frunció el ceño.

—A nuestra esposa también —añadió Ian, con voz profunda.

—Por solo eso, serás castigada —dijo Mason.

∼

MASON

—¿Castigada? —preguntó Laurel.

Asentí y la llevé a la misma silla en la que me senté la noche anterior.

—Mentiste, Laurel, lo que nos puso a todos en peligro. Si nos hubieses dicho la verdad desde el comienzo, te hubiésemos protegido.

La halé hacia mis rodillas separadas y la sostuve por sus muslos.

—¡Pensé que me devolverían!

—¿Te hemos dado algún indicio de que somos de alguna forma similares a Nolan Turner? —preguntó Brody.

Ella negó con la cabeza.

—Sobre mi rodilla, cariño. —Me di una palmada en el muslo.

—¿Por qué?

—Vas a recibir un azote.

—¡No! —gritó, intentando dar un paso atrás.

—Has puesto en peligro a todos en Bridgewater y debes enfrentar las consecuencias.

Si la dejaba, se quedaría de pie frente a mí y discutiría

todo el día. En vez de eso, la coloqué en posición fácilmente. Brody se arrodilló y levantó la longitud de su vestido por encima de sus caderas. Con sus bragas colgando en nuestro porche, estaba desnuda debajo.

—¡Todos están mirando! —gritó, moviéndose y retorciéndose en mi regazo.

—Lo están.

*Azote.*

—Ellos necesitan saber que has aprendido cómo las acciones de una persona pueden afectarlos a todos aquí en el rancho. Necesitan estar seguros de que no volverás a hacer algo como esto —respondió Brody.

*Azote.*

—Pusiste a las mujeres y a un bebé en el camino del peligro, Laurel.

*Azote.*

—¡Lo siento! —chilló.

Miré a los demás, cada uno nos hizo un gesto tranquilizador antes de salir de la habitación. Robert, Ann y Andrew fueron a la cocina con el bebé. Los otros se fueron por la puerta principal.

Estaban contentos de que las consecuencias se hubieran repartido adecuadamente, pero ni Brody ni yo habíamos terminado. Continué dándole azotes fervientemente porque necesitaba aprender su lugar.

—Nosotros te protegeremos, Laurel. Nos dirás si hay algún signo de peligro, ya sea una tormenta severa o un padre bastardo.

—Mi turno —dijo Brody.

Puse una mano en la parte baja de su espalda cuando Brody le dio un azote también.

—No mientas, cariño.

Para este momento, Laurel estaba llorando y su cuerpo

se desplomó sobre mis muslos.

—No te devolveríamos a Turner. ¿No te das cuenta? Nunca te vamos a devolver. Eres nuestra.

La mano de Brody la acarició sobre su culo rojo.

—Pensé que me estaban usando —sollozó.

Cuidadosamente la enderecé para que se sentara en mi regazo. Siseó un poco mientras su carne castigada hacía contacto.

—¿Usándote a ti? —Le limpié las manchas de lágrimas de sus mejillas.

—Ustedes... hemos hecho cosas... y ahora soy mercancía usada. Mi virtud está hecha trizas. Nadie me querrá.

Brody le giró la barbilla para que ella lo mirara.

—¿Mercancía usada? Tú nos perteneces, Laurel. A nadie más. Tú nos *diste* tu virtud, la de nadie más, así como nos darás tu virginidad. No solo tu vagina, sino también tu culo.

—Pero... dijeron que guardarían... llenar mi vagina para cuando me casara. Que jugarían... jugarían conmigo y luego me devolverían. —Se veía tan perdida y confundida.

—Debería darte más azotes por pensar que somos algo menos que honorables. No te llenamos la vagina porque no estabas casada con nosotros. Todavía. Ahora que sabemos la verdad, solo hay una forma de salvarte de tu padre y de Palmer.

Brody asintió con la cabeza.

—¿Cómo? —preguntó ella, con la voz esperanzada.

—Nos vamos a casar.

—¿Casarnos? —jadeó—. ¿Se van a casar conmigo solo para salvarme del señor Palmer?

—Demonios, no —añadió Brody—. Nos vamos a casar porque supimos que nos pertenecías desde el primer momento en que te vimos, inconsciente en la mesa de nuestra cocina. Pero primero nos vas a contar todo. —Cuando ella permaneció en silencio, él añadió—: Ahora.

Respiró profundo.

—Mi padre es Nolan Turner. Obviamente, han escuchado sobre él.

—Hemos tenido disputas con él en el pasado. Él quiere embalsar el arroyo que atraviesa su propiedad, lo que significa que todos los ranchos y granjas río abajo no tendrán agua. —Brody se puso de pie, fue hacia la ventana, miró hacia afuera, luego regresó—. Nosotros no estamos afectados aquí porque estamos en el río y nuestros derechos del agua prevalecen sobre los suyos, pero conozco a muchos otros dueños de tierras que están peleando con él.

Laurel asintió.

—He sabido que no es muy querido en la comunidad, lo que significa que yo tampoco lo soy. Ser su hija eliminó a un número de posibles pretendientes que solo guiaron el negocio del señor Palmer —y el de mi padre— hacia el matrimonio.

—Hemos oído que tenía una hija, pero fue enviada a la escuela en...

—Denver —dijo Laurel, confirmando los rumores—. Desde que mi madre murió al darme a luz, mi padre me echó la culpa a mí. Una niñera me crió hasta que tuve edad suficiente para que me enviaran a la escuela. De ahí mi pobre falta de conocimiento de la zona y mi terrible sentido de la orientación. Acabo de regresar hace un mes apenas.

Brody la miró cuidadosamente.

—Ya has pasado el aula de clases.

—Bastante. —Ella olfateó—. Mi padre pagó generosamente por mi estadía. Fuera de la vista, fuera de la mente.

—Hasta que te necesitó —comenté.

Laurel percibió afectada mis palabras. No se suponía

que fueran hirientes, pero *eran* la verdad y ella ya sabía que lo era.

—Pensé —supuse— que mi padre me había mandado a buscar porque había cambiado de opinión. Que me quería a mí. Me quería bien, por todas las razones equivocadas. —Bajó la mirada, a sus manos cruzadas en su regazo—. No he visto a mi padre desde que tenía siete años. No siento cercanía con el hombre. Tenía esperanza, una breve esperanza, de que él me quería. —Negó con la cabeza y pude ver la tristeza y la vergüenza en su rostro. Tristeza por la falsa esperanza que él le había dado, vergüenza por creer que era querida—. Fui una tonta por considerarlo.

La atraje a mis brazos, metí su cabeza debajo de mi barbilla.

—Nosotros te queremos, cariño.

—Demonios, sí —afirmó Brody.

# 11

## ℒ AUREL

—Pero... pero ¿por qué? —pregunté. Me sentí mareada por todo lo que había pasado en los últimos diez minutos. Todo el mundo había estado tan enfadado conmigo, y ahora que lo pensaba, con mucha razón. Debería haberles dicho quién era mi padre, pero me estaba protegiendo a mí misma. No estaba acostumbrada a considerar a otros, ni tampoco creía que *hubiera* otros en el rancho cuando originalmente había mentido, especialmente un bebé—. Casarse conmigo solo hará de mi padre un enemigo. Sabrá que lo engañaron hoy y lo harán enojar. Además, ya conocieron al señor Palmer. Tampoco es de los que juegan. Casarse conmigo puede impedir que él haga lo mismo, pero se vengará de alguna manera.

Brody puso sus manos en sus caderas.

—Tu padre ya es un enemigo, cariño, y eso empezó mucho antes de tu regreso.

—¿Ah?

—Se me acercó para tratar de exprimir los ranchos más pequeños entre los nuestros.

Mis ojos se abrieron más mientras pensaba en la distancia.

—¡Eso son millas y millas de tierra!

Mason asintió y lo miré.

—Esas familias en el medio son amigas nuestras. Estamos detrás de ellos, ayudándolos a protegerse de Turner ahora.

—Ambos son muy poderosos —les advertí.

—El señor Palmer no es rival para nosotros. ¿No crees que podamos defender lo que es nuestro? —preguntó Mason.

Consideré sus palabras, tomé en cuenta sus dos cuerpos muy grandes, la forma en que eran dominantes e imponentes. Con ellos me sentía segura y protegida. ¿Pensaba que podrían protegerme de la ira de mi padre? Sí.

—¿Por qué querrían protegerme? Les he mentido y pueden tener cualquier mujer que deseen.

—¿Quieres que te vuelva a poner sobre mis rodillas? —preguntó Mason, con su voz profunda. Sus ojos oscuros se estrecharon.

Me mordí el labio.

—¿Por qué razón?

—¿Crees que te habríamos tocado si no te consideráramos nuestra, si no hubiéramos tenido la intención de casarnos contigo?

Me detuve.

—Bueno, sí.

Brody exhaló y negó con la cabeza lentamente.

—O nunca te has encontrado con hombres honorables antes o has estado enclaustrada lejos de todos ellos.

—Tal vez las dos cosas, Brody —dijo Mason, sin quitarme los ojos de encima.

—Nos vamos al pueblo —respondió Brody. Mason me levantó de su regazo, me llevó a la puerta y me ayudó a ponerme el abrigo.

—¿Por qué? —Parecía que seguía haciendo la misma pregunta una y otra vez.

—Para probar que realmente somos honorables.

Dos horas más tarde, de pie ante el ministro en el altar de la pequeña iglesia del pueblo, me casé con Mason. Brody y la esposa del ministro fueron testigos. Cómo decidieron con quién me casaría legalmente no se compartió conmigo. El beso fue breve y casto, pero los ojos de Mason mantenían promesas tácitas que yo sabía que él —al igual que Brody— cumpliría más tarde.

No llevaba vestido de novia, sino mi vestido roto, mi abrigo puesto y abotonado para evitar cualquier pregunta. No nos quedamos en el pueblo, pues los hombres parecían ansiosos por regresar al rancho antes del anochecer, el cual llegaba temprano en esta época del año. Saliendo del pueblo, cabalgué con Mason, pero una vez que estábamos a una distancia razonable, Brody se acercó a nosotros y me subió a su regazo.

—Puede que te hayas casado con Mason, pero tú también eres mía —dijo con su aliento cálido en mi oído—. Te lo demostraré una vez que estemos en casa.

El viaje pasó rápidamente porque pasé el tiempo preguntándome *cómo* planeaba demostrarlo exactamente.

Mason me ayudó a quitarme el abrigo y lo enganchó en la clavija de la puerta.

—¿Quizás pueda tener otra ropa? —Miré hacia abajo mi vestido rasgado—. Este vestido no se puede reparar y no tengo bragas.

—Mmm —dijo Brody, colgando su propio abrigo.

—Vestido, sí. Bragas, no —dijo Mason—. Estoy seguro de que Emma o Ann estarán encantadas de seleccionar algunos vestidos nuevos para ti en el mercantil. Durante la próxima semana, sin embargo, no necesitarás nada de ropa en absoluto.

La mirada en sus ojos cuando se acercó a mí me hizo creerle. Se dobló en la cintura y antes de que preguntara cuál era su intención, yo estaba sobre su hombro y me llevaba arriba.

—¡Mason!

Sus manos mantuvieron firmemente mis muslos en su lugar y levanté mi cabeza para mirar a Brody mientras él nos seguía. La comisura de su boca estaba levantada y sabía que no me ofrecería ninguna ayuda.

—Es hora de hacerte nuestra, esposa —dijo Brody.

*Esposa*. Esa única palabra era abrumadora y devastadora, y me rompía los nervios al mismo tiempo. ¡Estaba casada con dos hombres! Una cosa había sido considerarlos un coqueteo de ventisca, pero esto era algo totalmente distinto. Por la forma en que Brody me miraba, sabía que esto era mucho más.

Mason no volvió a ponerme de pie, sino que me dejó caer de espaldas en la cama de su habitación. Reboté una vez, pero no tuve tiempo ni siquiera de apoyarme en los codos antes de que él estuviera sobre mí, besándome. Este no fue el pico casto de la ceremonia, sino un beso de verdad.

Los labios de Mason fueron suaves, pero intencionados, su lengua clavada en mi boca para enredarse y jugar con la mía. Con su mano en mi nuca, me colocó como quiso, saqueándome. Su barba era suave contra mi piel, áspera, pero sedosa al mismo tiempo. Sentí que la cama se sumergía a mi lado.

—Mi turno —murmuró Brody.

Mason levantó la cabeza y me encontré con sus ojos oscuros. *Oh*. Él me había mirado antes, pero esto era diferente. Más profundo, más oscuro, poderoso. Era como si hubiera contenido una parte de sí mismo y ahora que estábamos casados, la hubiera desatado. Se sentó y dejó que Brody volteara mi cabeza hacia él. También me besó, pero lo hizo de una forma totalmente diferente. Su boca era más insistente, más áspera y definitivamente más exigente. Incluso sabía diferente.

Mis dedos se enredaron en las hebras de seda de su cabello y cada vez que respiraba, mis senos chocaban con su pecho. Toda la preocupación y el miedo se disiparon de mí, mi cuerpo se relajó y se suavizó debajo de él. Mi sangre se calentó, mis pezones se tensaron y mis muslos se humedecieron. Mi cuerpo reconoció a estos dos hombres y se preparó para ellos.

—Brody.... yo... más —susurré contra su boca. Besarnos ya no era suficiente. Me habían estado preparando durante días para esto, ya fuera con el tacto o con palabras, me habían prometido... más.

No estaba segura de cuándo, pero Mason se había quedado junto a la cama. Tomó mi mano y me haló para que me pusiera de pie a su lado. Me quitó el vestido fácilmente mientras Brody me quitó las botas con los cordones nuevos.

—¿Deberíamos permitirle llevar un corsé o dejarla

desnuda debajo de sus vestidos? —preguntó Mason mientras desabrochaba las varillas de la tela rígida.

—La idea de que esté completamente desnuda debajo de un vestido puritano es muy atractiva —contestó Brody—. No he tenido mucha oportunidad de jugar con sus pezones, pero ahora lo rectificaré.

Mason dejó caer el corsé al suelo mientras Brody me giró para que lo mirara. Como estaba sentado a un lado de la cama, mis senos estaban directamente a la altura de los ojos. Cubrió un seno con cada una de sus manos, y los callos ásperos rozaron mi carne sensible.

—Son perfectos, cariño.

Pasó sus pulgares por encima de las puntas y grité cuando la sensación se extendió por todo mi cuerpo. Mi vagina estaba mojada, los jugos de la excitación cubrían mis muslos mientras mis paredes internas se cerraban involuntariamente en anticipación. Él no se detuvo ahí, pues empezó a tirar y halar y pellizcar.

No podía mantener el equilibrio y tuve que poner mis manos sobre sus hombros para apoyarme.

—¡Brody!

—¿Necesitas mi boca sobre ti? —No esperó a que le contestara, sino que bajó la cabeza y se llevó un pezón a la boca, lamiéndolo, dejando que la parte plana de su lengua lamiera el pico apretado antes de chuparlo.

—¿Eso se siente bien, cariño? —Mason me susurró al oído, de pie justo detrás de mí. Hizo un camino de besos por mi cuello y por todo mi hombro, con las manos deslizándose hacia arriba y hacia abajo por los costados—. Tu piel es como la seda.

Mientras Brody atendía un seno con la boca, usó sus dedos para jugar y trabajar mi otro pezón antes de cambiar. No sé cuánto tiempo permaneció concentrado allí, pero para cuando levantó la cabeza, mis caderas se movían por sí solas hacia él.

—Veamos si a ella le gusta un pequeño mordisco de dolor con placer —dijo Mason.

Antes de que pudiera siquiera pensar en lo que quería decir, sus manos dieron la vuelta por detrás y tomaron la posición de Brody, con sus grandes palmas cubriendo mis senos. Su piel era tan oscura, el vello lo hacía ver tan varonil y rústico en comparación con mi piel pálida y sensible... Dedos se apoderaron de mis pezones y en lugar de jugar como Brody lo había hecho, Mason tiró lentamente de las puntas hacia afuera, estirándolas y no... dejándolas... ir. Empujé mi pecho hacia afuera para aliviar el doloroso placer mientras gritaba. No se ablandó, solo mantuvo un tirón constante y firme, y luego pellizcó.

—¡Mason! —gemí con las yemas de mis dedos clavándose en los hombros de Brody. Mis ojos se abrieron de par en par cuando miré los ojos pálidos de Brody. Vi calor allí, necesidad, deseo. Me estaba observando atentamente, quizás asegurándose de que no estaba siendo lastimada. *Era doloroso, pero el tacto brusco de Mason no me hacía daño. Simplemente... lo era.*

Mason me soltó y levantó los senos para que Brody pudiera chupar suavemente una punta y luego la otra, calmando mi piel inflamada. Solo se mantuvo hasta que me calmé, mi elevada excitación se redujo ligeramente, para que Mason repitiera sus ásperas atenciones. Mientras sostenía la mirada de Brody, bajó una mano entre mis piernas y un dedo se deslizó sobre mis labios inferiores. No podía moverme, no podía hacer nada más que tomar lo que estaban haciendo, porque Mason iba a ceder.

—Está muy mojada —dijo Brody—. Le gusta. ¿Te gusta cómo te hace sentir Mason, cariño?

—Yo... ah —suspiré. No pude responder porque el dedo de Brody pasó por encima de mi clítoris y lo movió. Él debía de haber estado usando dos manos sobre mí porque sentí un dedo rodeando la entrada de mi vagina. Habían cumplido su promesa de mantenerla vacía hasta el matrimonio.

—Ahora estamos casados. Por favor, Brody —le rogué. Incliné mis caderas hacia sus dedos y lo vi sonreír.

—¿Por favor, te llenamos, cariño? ¿Quieres un pene en tu vagina?

Asentí.

—Veamos lo ajustada que estás. —La punta de su dedo se sumergió en el interior y me apreté sobre este.

## 12

 AUREL

—¡Ah! —No era suficiente. Con solo la sensación de estar llena con la más pequeña cantidad, me tenía ansiosa por más. Pero su dedo era grande, y como mi cuerpo no había sido probado, estaba muy ajustado.

—Tan ajustada. Jesús, Mason, va a estrangular nuestros penes. —Se introdujo un poco más—. Quiero que te vengas para nosotros ahora. Con Mason tirando de tus pezones, voy a acariciar este lugar especial dentro de ti... justo... ahí y te vas a venir. Ahora.

No pude hacer nada más que seguir sus órdenes porque mi cuerpo había sido bien preparado por los insistentes dedos de Mason en mis senos. De alguna manera, Brody conocía un lugar dentro de mí que me haría venir instantáneamente. Quizás fue la combinación de su dedo y el casi doloroso tirón de mis pezones. Fuera lo que fuera, grité, la sensación era tan intensa, tan caliente, tan diferente que nunca quise que terminara. Moví las caderas, balanceándolas sobre el dedo de Brody. No dejó que subiera más dentro de mí, solo frotó el lugar que había encontrado. Era... delicioso, ese lugar que estaba frotando.

La boca de Mason me besó sobre mi hombro húmedo y sudoroso mientras me soltaba los pezones y solo cubría mis senos con las palmas de sus manos, sosteniéndolas como si le dolieran si no lo hiciera. Brody se inclinó y me besó, lenta, pero profundamente. Cuando echó la cabeza hacia atrás, me miró a los ojos.

—Desnuda a Mason, cariño.

Tomó mis muñecas en sus manos y me dio la vuelta. Mason se paró allí, alto y ancho, y esperó. Lo miré de pies a cabeza, cada centímetro viril de él, y pude ver la silueta dura y gruesa de su pene presionando contra sus pantalones.

—No puedo esperar para follarte —dijo. La idea me hizo temblar. Desabroché los botones de la parte de adelante de su camisa mientras él se quitaba las botas. Se quitó la camisa del cuerpo mientras yo le desabrochaba los pantalones y lo empujaba sobre sus caderas. Su pene saltó libre, rojo, grueso y ansioso. Un líquido claro se derramó de la punta.

Miré por encima de mi hombro y vi a Brody terminar de quitarse lo último de su ropa, así que él también estaba desnudo.

—Acuéstate —dijo Brody.

Me senté a un lado de la cama, y luego me recosté, lenta y cuidadosamente. Todavía estaba muy excitada, incluso después del placer que me acababan de dar, quizás aún más. Ver sus penes tan ansiosos y listos me demostró lo mucho que me deseaban. Habían estado en lo cierto; mi cuerpo no mentía. Los quería desesperadamente y lo pegajoso entre mis muslos era uno de los muchos obsequios.

—Puede que te hayas casado con Mason, pero voy a tomar ese perfecto himen tuyo. Lo sentí dentro de ti contra mi dedo. Es mío, cariño, y me lo vas a dar. Ahora abre las piernas para que podamos ver tu preciosa vagina.

Mis ojos se abrieron de par en par ante sus palabras crudas y carnales. Levanté mis piernas de donde colgaban del costado de la cama y doblé mis rodillas, tirando de ellas hacia atrás para que mis pies estuvieran plantados en la cama. Cuando no las separé lo suficiente, Brody levantó una ceja y esperó.

Ambos hombres se quedaron mirándome fijamente. Estaban desnudos y muy guapos. Mientras que Brody era más alto, Mason era más ancho en los hombros. El vello de sus pechos era de colores sorprendentemente diferentes, pero ambos tenían músculos ondulantes debajo de la piel. Sus penes estaban dirigidos a mí, ambos gruesos y duros y casi enojados, preparados para mí.

Me lamí los labios recordando el sabor de su piel dura, pero suave y satinada, el sabor salado del semen de ambos. Separando las piernas, me abrí para ellos en más de un sentido. No solo les estaba dando mi cuerpo, sino que también les estaba abriendo mi corazón, porque tenía que confiar en que me protegerían y me mantendrían a salvo, que me tratarían bien y me apreciarían. Dijeron que me protegerían de gente como el señor Palmer o mi padre y tuve que creerles. No tenía otra opción, igual que no tuve más remedio que separar más mis piernas, y luego más, bajo sus miradas lujuriosas.

Sus ojos se movieron entre mis muslos.

—Su vagina está goteando. Puedo verlo desde aquí.

—Esos rizos son tan llamativos.

Quería cerrar las piernas, pero sabía que me harían abrirlas de nuevo.

—La afeitaremos más tarde.

Mis ojos se abrieron ante sus palabras, ante la franca discusión sobre mi cuerpo.

—Debemos dejar al menos un poco de rojo ahí abajo. Más tarde. Ahora necesito hacerla mía —dijo Brody, colocando una rodilla en la cama y posicionándose entre mis muslos.

Mi piel estaba caliente y enrojecida. Podía sentirlo. El edredón bajo mi espalda era suave, la habitación se iluminaba únicamente con el suave resplandor de la lámpara de cabecera. Sus sabores se mezclaban en mi boca por sus besos. Brody agarró su pene con el puño apretado, bajó para sostenerse con una mano y se alineó. Deslizó la cabeza ancha de un lado a otro sobre mis pliegues resbaladizos antes de colocarlo en mi abertura, presionando ligeramente hacia adelante.

La insinuación de estiramiento me hizo hacer un gesto de dolor. Él era tan grande, mucho más grande que el dedo que solo había insertado en una pequeña porción. Sabía que él pondría todo su pene dentro de mí y me puse tensa, sabiendo que me dolería y preguntándome si la acción era, incluso, posible. Mis ojos se agrandaron y mis dedos se apretaron en el edredón.

—Espera —dijo Mason. Brody se congeló y me puse más tensa. Mi aliento salía en jadeos silenciosos—. No está lista.

Brody levantó la mirada de mi cuerpo para que nuestros ojos se encontraran.

—Ah —dijo con voz ronca y profunda. Soltando su pene, colocó su otra mano junto a su cabeza de modo que estaba directamente sobre mí, con nuestras narices prácticamente tocándose.

—Shh —canturreó antes de hundir su cabeza para besarme, con un ligero roce sobre mis labios—. Escucha mis palabras, cariño.

Estaba tan cerca que pude ver el rastro áspero de su barba, las manchas doradas en ella.

—¿Sabes qué me pone tan duro para ti?

Negué con la cabeza, pero sostuve su mirada.

—El pequeño sonido que haces en tu garganta cuando te vienes. La forma en que te muerdes el labio inferior. El color de tus pezones.

—Oh —susurré, casi un suspiro.

—Me gusta cómo sabe tu vagina —añadió Mason—. La forma en que tus ojos se abren de sorpresa cuando te vienes, después se cierran cuando sucumbes.

—Nunca te lastimaremos, cariño —murmuró Brody.

—Tú eres... eres demasiado grande —admití—. No creo que puedas caber.

Brody me quitó el cabello del rostro en un gesto tranquilizador.

—Vamos a trabajar hasta mi pene, ¿de acuerdo?

Asentí, calmada por sus palabras, por su tono amable.

Él se movió y bajó la mano para pasar sus dedos por encima de mis labios inferiores y el sonido de mi humedad llenó el aire. Un dedo se deslizó dentro y mis caderas se arquearon afuera de la cama. Llegó más lejos que cuando lo había hecho antes y me aferré a este.

—Justo ahí, ese es tu himen. Eso es para mi pene. —Sacó su dedo, pero solo por un momento y esta vez introdujo dos dedos en mí. Mis ojos se agrandaron ante la sensación, un ligero ardor, pero se sintió... bien.

—¿Estás bien? —preguntó, preocupado.

Asentí. Estaba más que bien. Su dedo se sentía increíble.

—Así es, mueve tus caderas hacia lo que te hace sentir bien. Justo así. Un dedo más, cariño.

Cuando tenía tres dedos dentro de mí, grité. Estaba apretado, muy apretado, pero por primera vez me sentí colmada, pero él no estaba lo suficientemente profundo. No pude detener el movimiento de mis caderas y rápido me puse frenética. Necesitaba más. Sentí calor por todas partes y escuché el pequeño sonido que Brody mencionó que se me escapaba de la garganta.

—¿Estás lista para más?

Brody también estaba respirando con dificultad y pude notar que le estaba costando mantener la paciencia. Una gota de sudor goteaba por su frente y sus mejillas estaban rojas.

—Sí. Por favor.

—Ah, me encanta el sonido de su súplica —dijo Mason. Se había movido para sentarse a mi lado y metió su mano detrás de mi rodilla; levantó mi pierna hacia arriba y hacia atrás, así que estaba increíblemente abierta—. Brody va a tomar tu virginidad ahora, cariño, y yo voy a mirar.

Sus palabras aliviaron mis últimos temores, aunque mi excitación era tan intensa que apenas podía recordar por qué no quería el pene de Brody dentro de mí.

Esta vez, cuando sentí la cabeza ancha, no me asusté. En vez de eso, moví mis caderas hacia él, dejándolo deslizarse un poco hacia adentro.

—Ella está... Jesús, Mason, está tan apretada. —Brody apretó los dientes mientras avanzaba, luego retrocedió, lentamente, una y otra vez hasta que hice una mueca. Él era tan grande, tan ancho que me sentí repleta, y ni siquiera estaba adentro del todo.

—Eres nuestra, Laurel. Nuestra.

Brody inspiró profundamente y movió sus caderas hacia

adelante, rompiendo la delgada membrana y atravesándome hasta el final. Grité por la punzada del dolor, pero también por estar tan colmada. Sentí como si me estuviera partiendo por la mitad, pero también como si estuviéramos forjándonos juntos en uno solo.

Se mantuvo quieto y me miró, esperó a que me encontrara con su mirada.

—¿Todo bien? —preguntó.

Apreté su pene y gimió.

—Quiero que te tomes un momento para adaptarte, pero si lo haces, yo no podré hacerlo.

Levanté una ceja.

—¿Hay más?

Brody sonrió perversamente.

—¿Más? Cariño, hay mucho más.

Retrocedió lentamente, luego se deslizó hacia adentro.

—Ah —grité.

—Eres tan hermosa, Laurel. Brody te va a follar ahora. Nada lo detendrá. Ya no hay nada entre nosotros.

Brody movió sus caderas para que su pene me penetrara, me acariciara, me llenara y luego me reclamara. La pizca de dolor se disipó rápidamente y solo el placer tomó lugar. Moví mi pierna libre hacia arriba y hacia abajo del lado de Brody, la parte interna de mi rodilla tocándolo de torso a cadera y muslo. El lugar que él había descubierto antes y que me hizo venir tan fácilmente fue frotado por la cabeza acampanada de su pene. Mis ojos se cerraron, mi cabeza se inclinó hacia atrás mientras los nuevos lugares cobraban vida gracias a su pene. El agarre de Mason sobre mi pierna se apretó y tiró mi rodilla aún más hacia atrás. Acercándose entre Brody y yo, pasó su dedo sobre mi clítoris, y luego presionó hacia abajo.

Me vine con una prisa violenta, con una intensidad que

me sorprendió. Mi espalda se arqueó y grité, probablemente ensordeciendo a Brody en el proceso.

Brody no ralentizó sus embestidas, sino que las aceleró mientras yo convulsionaba alrededor de su pene.

—Esto es tan bueno... —dijo mientras me atiborraba por completo y luego se quedó quieto. Lo sentí hincharse dentro de mí, luego su semen caliente, pulsante.

Cuando el último de los placeres se desvaneció, me quedé allí tumbada, sudorosa y muy, muy feliz. Mason había soltado mi pierna y mis rodillas rozaron las costillas de Brody. No tenía ni idea de que sería así. Tan conectado, tan carnal, tan maravilloso.

Los suspiros de Brody me ventilaron el cuello y una vez que se calmaron, se salió de mí lentamente. Me sentía vacía y excitada todavía, como si necesitara más. Semen caliente goteaba de mí y caía sobre la manta de abajo.

Sentado en sus caderas, bajó la mirada a mi vagina.

—Tan perfecta —dijo, su expresión ahora estaba relajada y complacida—. Me encanta ver mi semen goteando de ti.

—Mi turno —dijo Mason, su voz no contenía ni una nota de placer—. Mi pene está ansioso por estar dentro de ti, Laurel. Solo mirar tu rostro cuando estabas llena por primera vez casi hace que me venga.

Brody se puso de pie y Mason tomó su lugar.

—Date la vuelta, cariño.

Mis ojos se abrieron de par en par ante su petición, pero hice lo que me pidió. Lo miré por encima del hombro, confundida.

—¿Por qué estoy así?

Mason sonrió mientras agarraba mis caderas.

—Te voy a follar desde atrás.

—Desde... —Cuando su pene se deslizó sobre mis pliegues mojados, lo entendí. Curvó su cuerpo sobre el mío y sentí su vello del pecho haciéndome cosquillas en la espalda. Besó mi nuca mientras su pene tanteó y encontró mi entrada. De un solo golpe, se deslizó hasta el fondo. No hubo dolor esta vez, solo un estiramiento que me hizo gemir. Cuando sus caderas se presionaron contra mi trasero supe que estaba dentro por completo.

—Tienes razón, Brody. Está tan apretada. ¿Te gusta así, cariño?

Se retiró, se introdujo de nuevo, el sonido húmedo era fuerte. Sentí el semen de Brody goteando por mis muslos. La sensación del pene de Mason era tan diferente, el ángulo desde el que me follaba era completamente distinto a cuando Brody me tomó.

—Estás... estás tan profundo.

—Lo sé. Cada centímetro de mi pene está rodeado de tu vagina caliente y apretada.

Sus manos me acariciaron el trasero antes de rozarme la entrada trasera con el pulgar.

—¡Mason! —Traté de alejarme, pero su pene estaba incrustado profundamente dentro de mí y me sostuvo con seguridad en su apretado agarre.

—Vamos a tomarte aquí también, cariño. Hoy no, pero pronto. Te prepararemos para nosotros, pero por ahora, tengo que follarte. Voy a moverme ahora y vas a venirte.

Fue tan exigente, tan confiado de que podía hacerme venir otra vez. La sensación de la almohadilla de su pulgar rozando mi entrada trasera fue sorprendente, e hizo que apretara su pene. Fue intenso y caliente y no podía soportarlo más. Ansiaba que me hiciera... algo. Cuando empezó a moverse, gemí, aliviada. Sus caderas comenzaron a empujar y usó su pene como un arma contra cualquier tipo de resistencia. Sabía que sus palabras eran verdaderas; iba a venirme y no podía evitarlo.

Manos me cubrieron los senos y jugaron con mis pezones. Era Brody. Cuando sus dedos pellizcaron las puntas, eché la cabeza hacia atrás y me vine, con un calor sublime cubriéndome. El grito se me atascó en la garganta, mi cuerpo se apretó y supe que le había prensado el pene. Él no dejó de moverse, solo chocaba contra mí más fuerte que antes. Su pulgar se movió de mi trasero y sus manos agarraron mis caderas con fuerza.

Fue como si el placer no pudiera parar, porque su pene continuó frotando sobre lugares dentro de mí que se sentían demasiado bien. La transpiración cubrió mi piel mientras mis manos se apretaban en el edredón. Sentí que el pene de Mason se engrosaba y se hinchaba en mi interior mientras me mordía el hombro y tocaba fondo dentro de mí. Él gimió mientras yo sentía que una oleada de semen caliente me desbordaba y se filtraba desde su pene por mis piernas.

Brody volteó mi cara para besarme. Lo miré a los ojos.

—Eres nuestra, cariño.

*Nuestra*. Me gustaba cómo sonaba eso.

# 13

RODY

—¿Dónde está Mason? —preguntó Laurel. Estaba doblada sobre el costado de mi cama, sus pies plantados en el suelo, pero separados.

—Cariño, ¿tengo mi pulgar en tu culo y estás preguntando por Mason? —La pomada pegajosa con la que estaba trabajando en ella hizo que mis pulgares entraran con facilidad. Habían pasado tres días desde que la follamos por primera vez y desde entonces la habíamos tomado juntos y por nuestra cuenta, como ahora.

Sus caderas se movieron hacia atrás sobre mi mano y gimió.

—Es solo que... siempre me toman juntos por la mañana.

Tres días no hacían una rutina, pero se estaba adaptando rápidamente a tener dos esposos. Habíamos estado entrenando su culo estos últimos días, preparándola para que nos tomara a los dos juntos. Aunque la habíamos follado por turnos, no era lo mismo. Tenerme a mí llenándole la vagina mientras Mason le tomaba el culo sería la última reclamación. Ella no tendría ninguna duda de que nos pertenecía a los dos, aunque no parecía cuestionarlo ni siquiera ahora.

—Puede que estés casada con los dos, pero no siempre te tomaremos juntos. Puede que quiera jugar contigo como lo hago ahora. ¿Mason te trabaja el culo así?

Negó con la cabeza contra la cama.

—Él... él me pone de espaldas.

—¿Ah? —Mi pene ya estaba lo suficientemente duro como para romper el hielo en un estanque congelado, pero escucharla decirme cómo Mason trabajaba su cuerpo tenía mis pelotas hinchadas, listas para expulsar semen.

—Cuéntame, cariño, lo que él te hace. —Continué colocándome más pomada e introduciéndola en ella, moviendo lentamente mi pulgar más y más profundo.

—Sostengo mis rodillas arriba y atrás. Él... dice que le gusta ver mi vagina afeitada.

A mí también me gustaba. Habíamos mantenido un pequeño parche de vello rojo sobre su monte, que estaba caliente como el infierno, pero el resto estaba afeitado. Ahora cuando nos comíamos su dulce vagina, estaba resbaladiza y suave y nada escondía esos bonitos labios rosados. Al igual que ahora, siempre estaban pegajosos y cubiertos de su crema.

—¿Él juega con tus pezones cuando su dedo está dentro de tu culo?

Ella suspiró y pude deslizarme más allá de mi nudillo. Estaba tan caliente, tan apretada que cuando metiera mi pene dentro de ella no duraría.

—Sí, y me duele.

—¿Duele mal o duele bien?

No podía contenerme más. Acercándome un poco más, alineé mi pene con la entrada de su vagina y me presioné hacia adentro, sosteniendo mi pulgar inmóvil y profundo dentro de su culo. Era un ajuste apretado y siseé un suspiro.

Laurel gimió.

—Duele muy bien.

Sonreí y me dejé llevar. Aunque ella fuera pequeña y delicada comparada con Mason o conmigo, podía manejarnos. De hecho, habíamos descubierto que le gustaba un poco rústico, lo que era bueno, porque ya no me podía contener más. Meneé mis caderas hacia ella, una y otra vez, mis pelotas chocaban contra su vagina. Como había estado jugando con ella durante algún tiempo, estaba cerca y podía sentir cómo sus paredes interiores se apretaban como si tratara de hundirme incluso más profundo. Se vino con un grito y yo la seguí inmediatamente después.

—Tan bueno —repetí, retirándome de su cuerpo y atrayéndola hacia mis brazos para que nos acostáramos frente con espalda.

Ahí fue donde Mason nos encontró una hora después.

—Son más de las nueve —refunfuñó—. Algunos de nosotros teníamos trabajo que hacer esta mañana.

Laurel se agitó en mis brazos. Ya no era modesta en cuanto a estar desnuda delante de nosotros. No había duda de que Mason podía ver cada centímetro delicioso de ella. Le besé el hombro, y luego me puse de pie para ponerme mi ropa.

—Fui a casa de Ian y Kane a recoger la ropa que Emma recogió para ti en el mercantil.

Sus ojos se iluminaron.

—¿No te gusta estar desnuda, cariño?

—Simplemente no quiero usar el mismo vestido roto de nuevo.

—Aquí. —Lanzó a la cama un nuevo corsé de color crema—. Puedes usar este hoy.

Se levantó en su codo y pasó sus dedos por los bordes del encaje, pero frunció el ceño. Ella no tenía idea de lo lujuriosa que se veía tumbada en mi cama como estaba.

—¿Y un vestido?

Mason negó con la cabeza lentamente.

—Sin vestido por hoy. Mañana te daré otro artículo de ropa para que lo añadas.

—Sus medias —le dije.

Él asintió.

—Bien pensado. Las medias serán mañana.

—¡Quiero al menos algunas bragas!

Los dos negamos con la cabeza y respondimos al mismo tiempo.

—Nada de bragas.

—Pero...

—Nada de bragas —repitió Mason—. Eventualmente usarás ropa, cariño, pero por el momento estamos disfrutando a nuestra esposa escasamente vestida. ¿Ves lo que me haces?

Señaló a la línea gruesa de su pene presionando contra la solapa de sus pantalones.

Ella sonrió entonces, reconociendo su poder sobre nosotros.

—¿Brody jugó con tu culo esta mañana?

Sus mejillas se sonrojaron de un bonito rosado. Puede que ya no sea virgen, pero todavía era inocente.

—Sí —susurró.

Mason señaló con su barbilla.

—Muéstrame.

Lentamente, se puso boca abajo.

—Así no. Sabes cómo me gusta mirarte.

Se dio la vuelta, colocó los pies sobre la cama y abrió bien las piernas, las rodillas dobladas. Si sus pezones no se hubieran apretado en pequeños y apretados picos a sus órdenes, pensaría que estaba aprensiva, cuando de hecho lo más probable era que tuviera miedo de cuánto le gustaba esto.

—Rodillas atrás, por favor.

Mason se puso de pie, las piernas separadas a la anchura de los hombros, los brazos cruzados sobre su pecho. No se veía amenazador, pero sí formidable.

Enganchando sus manos debajo de sus rodillas, las llevó hacia atrás y las separó para que estuvieran a los lados de sus senos.

—Buena chica. —Se arrodilló en el suelo directamente enfrente de su vagina—. Todavía estás pegajosa con la pomada y puedo ver que Brody te folló bien.

—¡Mason! —gritó Laurel.

—Aquí. —Mason levantó el tapón de mayor tamaño que habíamos usado con ella antes—. Suelta una rodilla y juega con tu culo, cariño. Quiero verte trabajar con el tapón adentro.

Levantó la cabeza de la cama y lo miró con la boca abierta.

—¿Qué?

—Ya me escuchaste. Hazlo, por favor.

Me quitó el tapón, la cabeza ancha estaba resbaladiza con la pomada adicional, y extendió la mano por detrás de su pierna para presionarla contra su pequeño botón de rosa. Mi pene volvió a levantarse una vez más.

—Ahora trabaja en ello. Fóllate el culo con el tapón.

—Pero...

—Si me complaces, Laurel, entonces yo te complaceré a ti. Brody también lo hará. Voy a frotar tu pequeño clítoris como te gusta y Brody va a jugar con tus pezones, pero solo una vez que el tapón te esté llenando.

—Oh, sí —suspiró.

Me puse en posición sobre la cama y observé. Laurel se mordió el labio mientras lentamente comenzó a meterse el tapón en el culo. Este se abrió alrededor de la cabeza ancha y ella gritó cuando atravesó la entrada apretada. Se cerró alrededor de la madera con forma de cono y se alojó en su lugar entre la sección más ancha y un pequeño mango que sobresalía de ella. Cuando respiró profundo, acostumbrándose a la sensación de tener el culo lleno y bien abarrotado, empecé a tirar y a jugar con las puntas ya duras.

El dedo de Mason se deslizó dentro de su vagina para recoger algunos de sus jugos y cubrió su perla rosada, después comenzó a darle la atención que ella deseaba.

—Qué buena chica. Ahora introduce el tapón y sácalo. Esa sección ancha te va a abrir en preparación para nuestros penes. Esto va a hacer que te vengas enseguida.

Mason tenía razón. No le tomó mucho tiempo en llegar al clímax; había tirado de la sección ensanchada hacia atrás para abrirla, y luego lo había empujado de nuevo hacia lo profundo. Eso fue todo lo que le tomó. Se vino con sus ojos cerrándose, su boca abierta y su piel sonrojada de un rosado brillante. Fue una vista increíble, ver nuestras manos sobre ella, trabajarla, complacerla. Saber que le gustaba jugar con el culo me hizo querer reclamarla allí, ahora, pero era demasiado pronto. No estaba *del todo* preparada. Pronto. Muy pronto.

Una vez que su placer se desvaneció, Mason le quitó el tapón. Yacía saciada y abierta, completamente desinhibida.

—¿Quién te da placer, cariño? —preguntó Mason.

Se lamió los labios.

—Ustedes lo hacen.

—Sí, eso es cierto. Brody y yo. ¿A quiénes les perteneces?

Sus ojos se abrieron y nos miró a los dos.

—A ustedes dos.

—Qué buena chica.

LAUREL

Por la mañana, Mason finalmente me dio uno de los bonitos vestidos que Emma había elegido para mí en el mercantil. Era uno verde oscuro que, según él, combinaba perfectamente con mis ojos. Mis hombres —disfrutaba llamarlos míos— habían continuado brindándome atención, por separado o juntos. Cuando Ann dijo que sus hombres la querían, no se había estado jactando. Mason y Brody eran atentos, no solo como amantes, sino como esposos. Había sido un juego para ellos verme pasar un día con tan solo mi corsé, luego con mi corsé y medias antes de hoy, permitiéndome cubrir mi cuerpo modestamente. Se sentía bien estar completamente cubierta una vez más, pero cuando la mano de Brody se sumergió debajo de la tela de mi falda larga para cubrir mi trasero desnudo, vi el calor en sus ojos. Me emocionaba saber lo que estaba pensando; mi vagina estaba desnuda y mojada para que ambos la tomaran cuando quisieran.

Había pasado una semana desde que nos casamos y aún no había salido de la casa, pero sin duda me habían mantenido ocupada. Hoy, sin embargo, ambos hombres habían ido al establo, ya que había nacido un nuevo potro durante la noche y necesitaban hacerse cargo de las tareas de Ian y

Simón, quienes se habían quedado despiertos toda la noche por el nacimiento.

No me importaba la tranquilidad de la casa, pero me parecía extraño. Una ventaja de estar casada con dos hombres significaba que nunca estaba sola. Incluso cuando estaba sola y leyendo un libro en una silla cómoda junto al fuego, ellos estaban conmigo, pues no podía olvidar a ninguno de los dos hombres ni lo que me habían hecho tan solo una hora antes, debido a que sus fluidos seguían goteando de mí.

Cuando escuché la puerta principal abrirse y cerrarse, sonreí, pensando que uno de ellos había regresado para cumplir su promesa de doblarme sobre el sofá. Cuando me puse de pie y caminé a través de la sala para encontrarme con alguno, no era Brody ni Mason, sino el señor Palmer.

Me congelé en el suelo y mi mano se acercó a mi pecho. Mi corazón latía fuertemente al ver al hombre.

—¿Qué estás haciendo aquí? —le pregunté.

—Reclamando a mi novia —dijo. Su voz era nasal y débil.

—¿Tu novia? —Cuando siguió mirándome fijamente, añadí—: Ya estoy casada. Tendrás que buscarte otra mujer.

—Me enteré de tu boda. Es lo que se dice en el pueblo. Turner y yo nos veíamos muy avergonzados después de venir a buscarte y todo. Estuviste escondida en alguna parte todo el tiempo. —Negó con la cabeza lentamente, sus papadas se movían mientras lo hacía—. No importa si te has entregado a otro hombre o no. No quiero a otra mujer. Te quiero a ti.

Me señalé a mí misma.

—¿A mí? ¿Por qué estás tan deseoso de mí? Como dijiste, ya me he entregado a otro. —No aludí al hecho de que estaba casada con ambos, Mason y Brody. Claramente ese hecho no había llegado al pueblo.

Apretó los labios.

—No te quiero a *ti*. Quiero tu tierra.

¿Qué? Fruncí el ceño y negué con la cabeza.

—¿Mi tierra? No tengo ninguna tierra.

—Te pertenece toda la parcela Turner y eso iba a ser mío.

Sus ojos se entrecerraron y se acercó un paso más. Me retiré manteniendo la distancia entre nosotros lo más grande posible.

—Esa tierra no es mía. Le pertenece a mi padre.

Cerró los ojos brevemente y él apretó sus manos en puños.

—Tu padre tuvo un problema de apuestas y yo gané la propiedad a cambio de deudas monetarias.

—¿Qué? —Mi padre era un hombre rico, lo suficientemente adinerado para mantenerme en el internado por trece años. Su casa era inmensa y estaba rodeada por la tierra Turner tan lejos como podía alcanzar la vista.

—Apostó y me debía más dinero del que tenía en el banco. —Se encogió de hombros—. Así que reclamé su rancho... y a ti, a cambio.

—Yo no estoy a la venta.

—No, no estás a la venta, porque fuiste ganada con todas las de la ley.

# 14

AUREL

Di otro paso atrás.

—Debe haber algún error.

—El único error es permitir que tu bastardo padre te ceda toda su propiedad en su testamento.

—Él.... ¿él hizo qué? Él ni siquiera me quiere. ¡No lo he visto en más de diez años!

—No importa. Te hizo la beneficiaria de su patrimonio.

¿Dónde estaban Brody y Mason? ¡Cómo me gustaría no estar sola en este momento! No había nada que hacer sino tratar de escapar de este hombre, porque era claramente irracional, así que traté de salir corriendo, pero me alcanzó en el pasillo, agarró mi brazo y me giró para que lo mirara.

—Estoy casada con Mason. ¡No puedes tenerme! —Tiré de su fuerte agarre.

—Sí puedo. —Metió la mano en el bolsillo de su chaqueta y sacó un trozo de papel doblado—. Una licencia de matrimonio que dice que nos casamos hace dos semanas. *Tú* eres la señora Palmer.

Negué con la cabeza. Él *estaba* loco.

—No, eso no es verdad. No es real. Nosotros nos casamos en una iglesia.

—Es real. El juez del distrito lo firmó, por lo que tu supuesto matrimonio con el hombre de Bridgewater no significa nada.

¿No significa nada? Mi matrimonio con Mason... y Brody significaba *todo*. Ellos fueron los primeros que me vieron como una persona, como una mujer, no como un peón o una herramienta en beneficio de alguien. No se casaron conmigo y me enviaron a algún lado. Ahora sabía lo que se sentía cuando alguien se preocupaba por mí. Ellos me habían mostrado lo que era el amor.

—No. —Negué con la cabeza—. No. Tienes que hablar con mi padre. Si él me cedió el rancho, has que lo cambie. No quiero tener nada que ver con esto. Como he dicho, apenas conozco al hombre, así que ¿por qué me escucharía a mí?

Su agarre se apretó en mi brazo al mencionar a mi padre.

—Lo conozco bastante bien, en realidad, y no puedo cambiarlo si él está muerto.

Me quedé paralizada en su agarre. ¿Qué quiso decir?

—¿Muerto? ¿Mi... mi padre está muerto?

Algo oscuro y malvado apareció en sus ojos y sonrió.

—Él intentó contrariarme, para evitar que me quedara con la tierra que me pertenecía por derecho. *Contigo*. Fue estúpido al pensar que se saldría con la suya. Por supuesto que está muerto. Yo le disparé... justo... entre... los... ojos. —Se dio un golpecito en la frente con un dedo—. Justo lo que te voy a hacer a ti.

Había matado a mi padre y ahora estaba sola en la casa con él. La mirada salvaje que tenía me hizo entrar en pánico, luchando contra su agarre.

—No puedo ayudarte con lo que sea que estés planeando si yo también estoy muerta. ¡Necesitaba escapar! Estar sola en la casa con él no me iba a mantener viva. Lo había planeado todo el tiempo. Cuando llegaron al rancho el otro día, Palmer era el que tenía el control. Mi padre solo quería encontrarme porque se lo debía a Palmer.

—Al principio te quería a ti. La idea de una virgen mansa que había sido protegida como si fuera una monja me parecía atractiva, pero tú has sido una puta aquí en Bridgewater. No tomo segundos platos. —Negó con la cabeza lentamente—. No, mis planes para ti han cambiado. No te necesito viva para heredar tu tierra con esta licencia de matrimonio. De hecho, te necesito muerta.

Mis ojos se ensancharon y la sangre rugió en mis oídos.

—¿Qué? ¿Por qué?

—El matrimonio hace que la tierra sea mía, sin importar si soy tu esposo... o un viudo. Como eres mercancía usada y no vales nada para mí, ser viudo es más apropiado. Quiero la tierra. Es más valiosa que tú.

Puso cuidadosamente la supuesta licencia de matrimonio en el bolsillo de su chaqueta y sacó una pistola. ¡Una pistola! No pensé, solo reaccioné. Agarré su muñeca con mis dos manos, luchando con él para evitar que el arma apuntara en mi dirección, pero él era más fuerte y más grande que yo. Torciendo y girando, usé todo mi poder y luché contra él, pero se disparó un tiro. Afortunadamente, fue directo contra una pared. Jadeé ante el impacto de la cercanía de la bala con mi cabeza. El sonido fue ensordecedor y me retumbó en el oído.

Recordé las palabras de un maestro en la escuela, que mencionó una forma de defenderse de los avances inapropiados de un pretendiente ansioso. En ese momento, no imaginé que funcionaría porque apenas tenía contacto con hombres para considerar la idea, pero ahora conocía el físico de un hombre. Levanté mi rodilla tan fuerte como pude, deslizándola por la parte interna del muslo del hombre y me conecté directamente con sus... partes masculinas. No podía pensar en ello como un pene, porque eso era lo que Mason y Brody tenían y los suyos eran duros y gruesos y estaban listos para mí. Este hombre... me tragué la bilis al pensar en ello. Hizo un chillido agudo y se dobló en la cintura. Su brazo se aflojó y pude quitarle el arma.

Estaba respirando con dificultad y el sudor cubría mi frente. Le di un rodillazo más antes de salir corriendo de la habitación, con mi vestido largo enredado alrededor de mis piernas. En todo lo que podía pensar era en llegar hasta Mason y Brody, tener sus brazos a mi alrededor, protegiéndome, cuidándome de cualquier mal. Con dedos temblorosos, abrí la puerta principal y salí corriendo al porche. Sostuve el arma en el aire y disparé un tiro, y la detonación repercutió por todo mi brazo.

Recordé lo que Emma y Ann habían dicho. Tres disparos significaban que se necesitaba ayuda. Volví a disparar, con los ojos cerrados y el cuerpo tenso.

—¡Tú! —El señor Palmer estaba encorvado, pero se acercaba rápidamente por el pasillo. Sus ojos estaban entrecerrados y mostraban un brillo maligno. Era como si hubiera pinchado a un oso hibernando, y no solo tenía intención de atacar, sino que ahora estaba muy, muy enfadado.

—Zorra. Vas a...

Mientras se acercaba a la puerta con los brazos abiertos para agarrarme, me di la vuelta y apunté. Era él o yo. *Bang*.

MASON

Esa mañana le habíamos dado a Laurel uno de los bonitos vestidos que Emma le había escogido. Era de un verde oscuro que resaltaba su cabello y combinaba perfectamente con el color de sus ojos. Tanto Brody como yo habíamos disfrutado de ella caminando con solo un corsé, después solo con su corsé y sus medias durante los últimos dos días, pero también me emocionaba saber que podía levantar su vestido y encontrarla desnuda y lista debajo. Me gustaba saber que todos sus secretos calientes y húmedos estaban ocultos solo para Brody y para mí.

Ambos estábamos en el establo, limpiando los puestos cuando McPherson llegó con su caballo.

—Veo que han dejado a su esposa. —Nos sonrió mientras acariciaba el costado de su caballo, luego liberó la hebilla de la silla de montar—. ¿Les tomó, qué, una semana para que sus penes bajaran?

Miré a Brody, quien estaba negando con la cabeza lentamente, pero tenía una sonrisa en el rostro porque estaba muy contento con su reciente esposa —como yo—. Sabíamos que recibiríamos un poco de pena de los demás, especialmente de los hombres solteros, por tomarnos tanto tiempo para atender y follar a nuestra esposa.

—No hay ninguna posibilidad de que eso ocurra. Solo tengo que pensar en ella y me pongo duro.

De hecho, me moví el pene en mis pantalones para aliviar el dolor del crecimiento mientras hablábamos de ella. Solo habían pasado dos horas desde la última vez que la follamos, pero a mi pene no le importaba.

—¿Han escuchado las noticias? —preguntó McPherson, levantando la silla de montar de los animales y colocándola en un estante. Luego quitó la manta.

—¿Noticias? —Apoyé mis antebrazos en la parte superior de la horquilla que sostenía.

—Turner está muerto.

Brody se quedó paralizado, me miró.

—¿Muerto? ¿Cómo?

—Le dispararon a sangre fría.

Metí la horquilla en un montón de paja y me acerqué a McPherson.

—¿Qué quieres decir con sangre fría?

Las cejas de McPherson se levantaron.

—No lo sé. Vi al alguacil en la caballeriza y dijo que después de que se fueran de aquí la semana pasada, el señor Palmer, el bastardo que estaba en el grupo, estaba muy enojado con Turner. Discutieron, mencionaron algo sobre el pago de una deuda. Turner contestó que todo estaba arreglado.

—¿Qué demonios significa eso? —preguntó Brody.

McPherson levantó las manos delante de él.

—Por lo que escuché en el mercantil —las noticias se extendían rápidamente y el alguacil no era el único en saberlas— Turner era un apostador. Malo con las cartas. Perdió todo.

—Con Palmer. —Apreté mis dientes. Algo no estaba bien. Tenía un mal presentimiento.

—Si Palmer reunió su dinero, ¿por qué estaba tan jodidamente molesto? —preguntó Brody.

—Cierto. Palmer estaba lo suficientemente molesto con él para matarlo —afirmó McPherson.

—¿Por qué?

Nos miramos el uno al otro y el motivo fue claro.

—Laurel —Brody y yo lo dijimos al mismo tiempo.

La cabeza de McPherson se levantó con una mirada aguda.

—¿Dónde está ella?

—En la casa. Tenemos que...

Se oyó un disparo que venía de lejos, pero claro y fuerte en el aire calmo.

Mi corazón se detuvo al escuchar el sonido y corrimos hacia la puerta del establo y la abrimos.

*Bang*. Un segundo disparo.

—Mierda —murmuró Brody—. Viene de la casa. —Tomó las riendas del caballo de McPherson, lo llevó hacia afuera y lo montó con destreza.

McPherson agarró el arma de las estacas encima de la puerta.

—¡Brody!

Lanzó el rifle y Brody lo atrapó antes de estimular al animal para que se moviera.

McPherson y yo empezamos a correr en dirección a la casa y a Laurel. ¿Qué demonios estaba pasando? ¿Fue Palmer o era algo más? ¿Fue Laurel la que disparó para llamarnos pidiendo ayuda o se estaba defendiendo? O peor aún, ¿alguien le había disparado? Aceleré mi ritmo, corriendo tan rápido como podía a través de la nieve profunda. Necesitaba llegar a ella, pero me alivió saber que Brody ya casi estaría allí.

—Los otros también vendrán —suspiró. Siguió el ritmo de mi carrera a toda velocidad—. Solo han sido dos disparos, así que eso no significa nada.

*Bang*. Un tercer disparo, lo que significaba...
—¡Laurel!

## 15

RODY

Apenas ralenticé al caballo antes de saltar hacia abajo. Laurel yacía en el suelo del porche en el frío, con su cabello salvaje y medio caído de las pinzas y con una pistola sostenida fuertemente en sus manos, apuntando a un cuerpo tendido en el suelo. Por la sangre que comenzaba a acumularse alrededor de él, no se iba a levantar de nuevo. Subí corriendo las escaleras, mis pasos sonaron fuerte y me detuve frente al hombre. Lo apunté con mi rifle mientras lo empujaba con mi pie, y luego lo empujé sobre su espalda.

Palmer. Tenía los ojos abiertos y fijos en el techo del porche, una mancha de sangre carmesí se extendía por toda su camisa blanca. Estaba muerto.

Mi corazón palpitaba y mis músculos estaban tensos, listos para matar. Quería dispararle yo mismo, para aliviar un poco la angustia y el miedo acumulados. Girando, me arrodillé frente a Laurel y puse el rifle suavemente en el suelo al lado de nosotros.

—Laurel —dije con voz suave. Extendí las manos a los costados sin querer asustarla.

Ella no se había movido desde que subí, sus ojos se concentraban únicamente en Palmer, el arma seguía levantada y apuntando al hombre. El fuerte olor de la sangre llenó el aire fresco.

Extendí la mano lentamente y tomé sus manos en las mías. Estaban tan frías, congeladas incluso, y no por el clima helado. Dudaba que ella supiera que yo estaba allí.

—Laurel, dame el arma. Laurel —repetí, más fuerte esta vez.

Negó con la cabeza lentamente.

—No. Es peligroso. Él va a lastimar...

—Está muerto, cariño. Ya no puede hacerte daño. —Sus manos se relajaron lo suficiente como para que yo le quitara el arma y la colocara al lado del rifle—. Mírame.

Estaba conmocionada, aturdida y petrificada, pero entera. ¿Qué había hecho el hombre antes de que ella disparara? Claramente una de las balas lo había matado.

—Laurel —dije una vez más, pero con voz más profunda y autoritaria.

Ella parpadeó y volvió la cabeza hacia la mía. Noté el momento en que sus ojos se concentraron y me *vio*.

—¡Brody! —gritó, arrojándose en mis brazos, enterrando su cara en mi hombro—. Él... fue horrible. Recordé disparar los tres tiros, pero él venía por mí y yo solo disparé dos veces. —Su voz sonó alta, estaba al borde de la histeria. No la culpaba ni un poquito, porque yo también estaba un poco perturbado. Sin embargo, no podía volverme loco; mi trabajo era calmarla, hacerla sentir segura. Yo no había hecho nada, ella tuvo que defenderse del maldito bastardo por sí misma, pero ahora estaba a salvo. La abracé fuertemente.

—No. No, cariño. Disparaste los tres y te escuchamos. Vinimos tan rápido como pudimos, pero tú te cuidaste. Estoy tan orgulloso de ti. —Acaricié su cabello con mi mano, una y otra vez, esperando a que mi calor se filtrara en ella.

—Pensé... él tenía un arma y...

Se estremeció una vez y luego empezó a sollozar.

La subí a mi regazo y puse su cabeza debajo de mi barbilla, con mi brazo alrededor de su cintura sosteniéndola firmemente. No hice nada más que mecerla y dejarla llorar, todo el tiempo mirando el cuerpo sin vida de Palmer.

Podía sentir el latido de su corazón, saborear el agarre agudo de sus dedos en mi camisa, inhalar el aroma floral de su cabello y, sin embargo, no podía acercarme lo suficiente. La idea de perderla, de lo cerca que había estado de ser asesinada, me hizo querer volver a dispararle a ese bastardo. Ella literalmente había caído en nuestra vida por los avatares del destino y no estaba preparado para perderla ahora. No *podía* perderla.

Mason y McPherson corrieron entonces, con la nieve crujiendo bajo sus pies y respirando con dificultad. Observaron la situación y me encontré con la mirada de Mason sobre la cabeza de Laurel. Hice un breve asentimiento y sus hombros cayeron en puro alivio. Se dobló en la cintura y bajó las manos hasta las rodillas para tomarse un momento para respirar. Subió los escalones y se arrodilló frente a mí, acariciando la espalda de Laurel con su mano.

—Todo está bien ahora. Estás a salvo. Mason está aquí conmigo y vamos a cuidar de ti —murmuré, aunque no habíamos hecho nada para protegerla de Palmer.

McPherson subió los escalones.

—Yo me ocuparé del bastardo —gruñó, empujando la pierna del hombre, aunque obviamente estaba muerto—. Ustedes dos cuiden a su mujer.

Mason me la quitó de los brazos y se puso de pie, cargándola a la casa. Lo seguí, cerrando la puerta detrás de nosotros, bloqueando a Palmer. Cerca habíamos estado de perder a nuestra esposa, a todo.

McPherson y los otros lidiarían con Palmer por nosotros. Laurel necesitaba a sus hombres.

Seguí a Mason por las escaleras y entré en su dormitorio, luego cerré la puerta detrás de nosotros. Bajándola al suelo, Mason apartó a Laurel de él para poder mirarla. Me moví para ponerme de pie directamente a su lado.

—Cariño, ¿te ha hecho daño? —preguntó.

Mi mirada recorrió su cuerpo. Su vestido no estaba roto, solo estaba sucio en los lugares donde había estado sentada en el porche. Su cabello se había deshecho y las lágrimas mancharon sus pálidas mejillas, pero por lo demás parecía... entera.

Ella negó con la cabeza.

—No. Él... él solo me agarró, pero no estoy lastimada.

Las manos de Mason se acercaron a los botones de su vestido nuevo.

—Vamos a quitarte esto, a echarte un vistazo y asegurarnos. Has tenido un susto.

—Todos hemos tenido un susto —añadí—. Deja que tus hombres se aseguren de que no estás lastimada.

Miró entre nosotros y asintió.

—Para ustedes, sí.

Las manos de Mason se movieron más rápido ahora. Le quitó el vestido, su corsé, incluso sus medias y botas, así que ella se quedó desnuda delante de nosotros. Pasé mis manos sobre sus hombros y bajé por sus brazos mientras Mason subía por su cuerpo. Había marcas rojas sobre sus codos que podían ponerse moradas, y mi mandíbula se apretó al verlas. Me moví para ponerme de pie detrás de ella para que estuviera rodeada por nosotros dos, con mis manos moviéndose hacia arriba y hacia abajo por su espalda, pasando por los pequeños hoyuelos en la base de su columna vertebral, por encima de su exuberante trasero, y luego de nuevo hacia arriba. Necesitábamos tocarla por todas partes, para asegurarnos de que estuviera completa, que era real y nuestra.

—Él... él dijo que estábamos casados. Tenía una licencia.
—Aunque la tocamos, estaba distraída.

Mis manos se detuvieron.

—¿Una licencia de matrimonio?

Ella asintió.

—Un juez la firmó y parecía oficial. Dijo que mi matrimonio con Mason no era real.

Mason negó con la cabeza.

—Nuestro matrimonio es real, cariño. No hay duda alguna. Palmer pudo haber sobornado a un juez, pero Dios nos unió. Antes de eso, estábamos unidos cuando te quitamos la virginidad. Demonios, te reclamamos la primera vez que te vimos.

Dijo justo lo que yo estaba pensando.

—Yo... le disparé. No era mi intención, pero se estaba acercando a mí. Le... le di un rodillazo en su... allí, y luego corrí, pero se recuperó y...

Cristo. Ella tendría que vivir con haber matado a Palmer por el resto de su vida. Todos los hombres de Bridgewater habían matado antes; nuestro trabajo era haberlo hecho nosotros. Pero no Laurel. Tuvo que matar a un hombre o morir ella misma.

—Te estabas defendiendo. No hiciste nada malo. Él era un hombre malo. —Mason le acarició los brazos.

Me incliné hacia adelante y le besé el hombro.

—Shh —la tranquilicé—. Mason tiene razón, él era un maldito bastardo y ya no puede volver a hacerte daño. Te encargaste de eso tú misma, ¿verdad, cariño? Estamos muy orgullosos de ti. No más sobre Palmer. No lo quiero en esta habitación con nosotros.

Lágrimas calientes corrieron por sus mejillas de nuevo, pero esta vez fue más por la emoción abrumadora que por miedo.

—Yo... no creí que volvería a verlos. Ah, sus manos se sienten tan bien. —Su cabeza se inclinó hacia atrás y le besé la nuca—. En todo lo que pensaba era en ustedes. Llegar a ustedes. Estar con ustedes. Yo... los necesito. A los dos.

Entonces se volvió atrevida, empoderada por la amenaza que el peligro le había impuesto. Se acercó y le quitó la camisa a Mason. Sus emociones abrumadoras se transformaron en una necesidad frenética y sus dedos se tambaleaban.

—Por favor, los necesito. Los necesito a los dos. Hagan que Palmer se vaya. Tómenme.

Fervorosamente, besó el pecho de Mason que había sido expuesto.

—Sé que... han estado esperando... —Cada pausa en sus palabras era un beso—. Los necesito a los dos. Quiero ser completamente de ambos.

Halé el cabello de Laurel, forzándola a girar la cabeza. No fue rústico, pero tampoco fui amable. Sus ojos salvajes se encontraron con los míos. Ella necesitaba esto. Necesitaba a alguien que estuviera a cargo, que la hiciera olvidar. Que hiciera que se dejara llevar. Ella se había ocupado de Palmer, y ahora nosotros nos ocuparíamos de ella.

—¿Juntos? ¿Quieres que te tomemos juntos, cariño?

En vez de responder, tomó mi mano y la puso entre sus

muslos, mis dedos se deslizaron sobre sus pliegues resbaladizos. Estaba empapada y podía sentir su clítoris, duro y palpitante. Miró por encima de su hombro, tomó la mano de Mason y la colocó entre sus piernas por detrás. Un jadeo escapó de sus labios cuando Mason debió haber rozado con un dedo su sensible botón de rosa.

Presionó su mano sobre mi pene a través de mis pantalones, pero tenía la cabeza lo suficientemente clara como para decirle que no.

—Tú no estás a cargo, Laurel, sino tus esposos. Nosotros decidimos cuándo te follamos y cómo. —No le quité la mano, pero enrosqué un dedo justo dentro de su abertura para hacer que su mano se cayera. Sus ojos se cerraron y gimió.

Sus pezones se endurecieron con mis palabras severas y el tacto de mi dedo.

—¿Quieres que te llene el culo con mi pene? —preguntó Mason mientras le mordisqueaba el cuello, dejando un rastro de piel enrojecida a su paso.

Laurel inclinó su cabeza, ofreciendo a Mason un mejor acceso, y asintió con la cabeza.

—Entonces deberíamos ver si estás lista. Sobre la cama, de rodillas y con el culo arriba en el aire.

Mason hizo espacio para que ella se moviera y obedeció rápidamente, colocándose en el medio de la cama de rodillas, y luego bajó la mejilla hasta el edredón, con sus ojos verdes sobre nosotros. Era la posición perfecta de sumisión, su vagina y su culo en perfecta exhibición, mostrándonos lo que era nuestro. Los labios de su vagina eran del rosado más bonito y estaban abiertos, dejando al descubierto su estrecho pasaje y su perla pálida. La encantadora franja de vello rojo ardiente estaba justo debajo. Su entrada trasera nos guiñó el ojo, todavía con una pizca de pomada resbaladiza por nuestro juego anterior. Con la forma en que tomó el tapón esta mañana, sabía que estaría lista para nosotros, pero como Mason reclamaría su culo, él se tomaría el tiempo para asegurarse de que ella pudiera aceptarlo.

Me quité la ropa a toda prisa y aprecié el cuerpo perfecto de Laurel. Sus senos colgaban pesadamente con los pezones erectos. Se me hizo agua la boca queriendo saborearlos de nuevo. Mi pene estaba ansioso por ella. Los ojos de Mason se encontraron con los míos. Asintió. Ya era hora.

Me moví para sentarme en la cama, mi espalda apoyada contra la cabecera, separando mis piernas de modo que estuvieran a ambos lados de los hombros de Laurel. Me miró desde su posición sobre sus antebrazos; estaba tan ansiosa, tan preparada. Señalé con mi dedo.

—Ven aquí, cariño.

Se impulsó con las manos y se arrastró hacia mí, con sus senos balanceándose por debajo mientras lo hacía. Se detuvo con la boca a pocos centímetros de mi pene erecto. Agarré la base y acaricié toda la longitud; líquido claro se derramaba de la punta y bajaba por encima de mis dedos. Solo con ver su boca allí y sus labios mojados por su lengua hicieron que mis caderas se movieran.

—Chúpame el pene, cariño.

Sus ojos miraron los míos brevemente y luego cayeron sobre mi pene. Se lamió los labios, luego bajó la cabeza, lamiendo la cabeza limpia, pero no se detuvo; tomó toda la longitud dentro de su boca. Siseé un poco ante la sensación caliente y húmeda de su boca. Su lengua se movió sobre la cabeza, y luego se arremolinó hacia arriba y hacia abajo, a lo largo.

Vi a Mason agarrar el frasco de pomada y mojar sus dedos antes de pasárselos por el culo. Con la cabeza de Laurel sumergida sobre mi pene, pude ver lo que él estaba haciendo, observar cómo introducía un dedo fácilmente. Ella gimió alrededor de mi pene, las vibraciones hacían que mis pelotas se apretaran.

—Tomó un dedo fácilmente. Respira hondo, cariño, voy a añadir otro —le dijo Mason.

Sentí su aliento caliente en mi puño mientras inhalaba, y luego exhaló. Mason metió el segundo dedo al lado del primero y Laurel movió las caderas. Gimió alrededor de mi pene de nuevo, sus ojos ensanchándose al ser abierta de esa manera.

—Jesús, Mason, no duraré si ella sigue haciendo ruidos como ese. —Estaba respirando con dificultad y mis manos estaban apretadas en el edredón; ella era así de buena.

Vi los dedos de él hacer tijeras y abrirla incluso más, después se introdujo hasta el primer nudillo. Mason se encontró con mi mirada.

—Está lista.

Cubriendo su mejilla con una mano, levanté su cabeza moviéndose de mi pene. Me deslicé por la cama para que mi cabeza estuviera sobre la almohada y el rostro de ella estuviera directamente encima de la mía.

—Súbete y móntame.

Miró hacia abajo, a mi pene en medio de nosotros, el cual estaba apuntando directamente a su ombligo. Puso una rodilla junto a mi cadera, luego la otra, así que estaba a horcajadas sobre mi cintura. Lentamente, se bajó sobre mi pene, sentándose directamente sobre mí, así que la llené completamente. Estaba ajustada y mojada y caliente y... perfecta. Aquí es donde quería estar, donde pertenecía.

—Brody, ah, te sientes tan bien, pero los quiero a los dos.

Mason se inclinó hacia adelante y besó su hombro.

—Y lo tendrás. Ahora mismo.

# 16

## Laurel

Esto era lo que quería, estar rodeada y saber que mis hombres me querían, que me necesitaban y que no estaba sola en mis sentimientos. El estar cerca de la muerte me hizo darme cuenta de lo mucho que necesitaba a Mason y a Brody, y sabía que si me entregaba a ambos al mismo tiempo, forjaría un vínculo entre nosotros que no podría romperse. Yo era la conexión que faltaba, que nos unía a los tres, juntos. Y cuando Brody me puso sobre su pecho y me besó, supe que ya era hora.

Sus manos agarraron mi cabeza, sosteniéndome justo donde él me quería para que su lengua pudiera encontrar a la mía. Me mordió el labio inferior y luego lo suavizó con un tierno beso mientras movía las caderas y me llenaba. Aunque él no podía soportar las penetraciones profundas a las que yo estaba acostumbrada en este ángulo, solo el ligero roce me hizo gemir. Estaba tan mojada por él que se movía fácilmente dentro de mí. Mi clítoris se frotó contra él y fue una tortura lenta y sensual. Incluso mis pezones rozando su pecho estaban sensibles.

Sentí la mano grande de Mason en mi trasero, separándome, luego la cabeza ancha de su polla presionó contra mí... allí. Se salió del lugar, su pene estaba obviamente resbaladizo y cubierto de pomada. Ambos eran tan considerados, pensando en mí, atendiéndome. Era esa la palabra... atendiendo, justo como Ann había dicho. Mason no quería hacerme daño; quería hacerme sentir lo bueno que era para todos nosotros follar como uno solo.

Ambos dijeron que iba a ser bueno y que no podía hacer nada más que confiar en sus palabras. Una vez más, su punta roma presionó hacia adentro, luego hacia atrás. Hacia adentro con un poco más de firmeza. Recordé las palabras de Mason, exhalar y empujar hacia atrás. Hice las dos cosas, dejando que mi frente descansara sobre el pecho de Brody mientras me empujaba hacia atrás contra Mason. Su pene era más ancho que cualquiera de los tapones o incluso sus dedos y empecé a estirarme más, más, más, y más.

—Ah —gemí ante la quemadura y la increíble extensión.

—Ya casi, cariño. Es tan caliente verte siendo estirada por mi pene. Empuja una vez más. Eso es... sí. Ah, estoy dentro. Dios, estás tan apretada.

Gemí cuando la cabeza del pene de Mason encajó justo al pasar el anillo estrecho de músculo que había estado luchando contra su entrada. Me sentí tan abierta, tan ancha. Con el pene de Brody llenándome también, estaba justo más apretado. Ardía, el estiramiento era intenso, pero también se sentía... increíble. La combinación era como cuando Mason me halaba y pellizcaba los pezones en el pasado, doloroso y a la vez muy bueno. Al principio hice un gesto de dolor, pero mientras me relajaba, se transformó en algo diferente, algo más.

Los dedos de Mason agarraron mi trasero cuando comenzó a moverse. Despacio, muy despacio, empujó hacia adelante, luego retrocedió. Brody también movió las caderas, pero en direcciones opuestas, de modo que uno de sus penes me llenaba mientras el otro se retiraba. Los sentimientos que sus penes provocaban eran abrumadores. No pensé en nada más que en cómo me hacían sentir estos hombres. Mi clítoris estaba palpitando, mis paredes internas apretando ambos penes. Mis dedos arañaron los hombros de Mason mientras respiraba su piel sudorosa, y luego lo mordí ligeramente mientras Mason se hundía por completo.

—Eres nuestra, Laurel —dijo Mason con voz ronca mientras respiraba con dificultad. Nuestros cuerpos se aferraron entre sí, llenos de sudor, y sin embargo ya éramos uno. Finalmente estaba unida a ambos. Ahora sabía que me pertenecían tanto como yo les pertenecía a ellos.

—Está tan apretada, Mason, no voy a durar —dijo Brody.

—Su culo está estrangulando mi polla —gruñó Mason—. ¿Estás lista para venirte, cariño?

Asentí contra el pecho de Brody.

—Bien, porque te vas a venir como nunca antes.

Con ese voto, empezaron a moverse. Mason se retiró mientras Brody inclinaba sus caderas hacia arriba, así que empujó mi vientre. Entonces Mason se deslizó lentamente, pero con firmeza, llenándome por completo mientras Brody retrocedía. Una y otra vez se movieron de esta manera. No podía hacer nada más que sentir. No podía moverme, ni siquiera podía mover las caderas y sin embargo el placer crecía. Pensé que se había sentido increíble cuando me habían hecho venirme antes, pero nunca había sido así. La sensación de dos penes dentro de mí era tan intensa, tan abrumadora que ya no podía aferrarme más a la realidad y me dejé llevar. Caí en el placer tan fuerte, tan rápido, que grité. Mi clítoris fue frotado con cada movimiento que hacía Brody. La cabeza de su pene empujó contra los lugares increíbles dentro de mi vagina y Mason despertó lugares muy dentro de mí que no tenía idea de que existían. Todo se fusionó en una brillante bola de fuego que estalló, explotó a través de mi cuerpo hasta las puntas de los dedos de mis manos, hasta los dedos de mis pies y en todas partes en el medio.

Escuché a Brody gemir mientras se quedaba inmóvil, con su pene incrustado profundamente dentro de mí, y el chorro caliente de su semen cubriendo mi vientre. Mason se sumergió en mí una última vez y apretó mis caderas casi dolorosamente mientras exhalaba un aliento y me llenaba, marcándome como suya.

Caí desplomada y exhausta sobre el pecho de Brody, demasiado marchita para moverme. Podía sentir el pulso de sus penes dentro de mí mientras empezaban a recobrar el aliento. Cuidadosamente, Mason se retiró y yo hice una mueca de dolor, porque mientras él había sido gentil, yo había sido bien reclamada. Brody me levantó lo suficiente como para sacarme de su pene saciado y colocarme a su lado, así que usé su brazo como almohada. El semen de ambos se mezclaba y goteaba por mis muslos. Sentí la mano de Mason en mi cadera mientras me besaba el hombro.

—No había duda, Laurel, desde la primera vez que te vimos, de que nos pertenecías —me dijo Mason con voz suave.

—Puede que hayas dudado, pero nosotros nunca lo hicimos —añadió Brody—. Ni una vez.

Incliné la barbilla para mirar a Brody.

—¿Cómo?

Sentí que se encogió de hombros.

—Fue amor a primera vista.

Antes estaba repleta, pero ahora, mi corazón se llenó. No podía sentir nada más por estos dos de lo que lo hacía en este momento. Me di la vuelta para recostarme de espaldas y poder mirarlos.

Mason estaba asintiendo con la cabeza en acuerdo.

—Era el destino, nuestra novia descarriada.

Pensé en eso. Yo había salido en una ventisca con el objetivo de llegar al pueblo, pero de alguna manera me perdí tanto que fui en la dirección equivocada y terminé frente a la casa de Mason y Brody. No en la de Andrew y Robert. Ni en la de los otros hombres. Había sido el destino.

Ellos me habían encontrado, no solo perdida en la nieve, sino dentro. Encontraron a mi verdadera yo y me amaron. Me querían a mí. Me valoraban.

Les sonreí, sabiendo que todo esto era verdad.

—Sí, sí, tienes razón. Soy la novia descarriada de ambos.

# ¿QUIERES MÁS?

Libro dos de la serie de Bridgewater: *La novia cautivada!* ¡Lee el primer capítulo ahora!

CROSS

La primera vez que la vi pensé que era una visión. En la luz de la lámpara del pasillo, su cabello era tan negro como la noche y estaba ingeniosamente recogido hacia atrás dentro de un bollo en su nuca, pero con rizos sueltos y suaves que hacían que mis ojos siguieran la elegante curva de su cuello. Su piel tenía un brillo dorado, como si estuviera iluminada por dentro. Su vestido azul pálido era modesto, pero insinuaba cada una de sus curvas, y esas curvas eran bastante atractivas. No fui el único que se fijó en estas, pues los ojos de los hombres se volvieron hacia ella mientras bailaba o pasaba junto a ellos o incluso sonreía en su dirección. Fueron sus ojos, sin embargo, los que me atrajeron completamente, porque cuando volvió esos ojos de color azul pálido hacia mí, me perdí en ellos.

Tenía el aspecto que Rhys o Simon llamarían de irlandesa negra: cabello negro y ojos azul claro. Nunca antes había conocido a alguien con esa combinación y fue sorprendente. De hecho, no podía apartar la mirada. El baile público por la celebración de la independencia del país fue un evento muy concurrido, especialmente en un pueblo del tamaño de Helena. No era frecuente que alguno de nosotros de Bridgewater llegáramos a esta ciudad; solo los negocios del rancho nos traían hasta aquí. Nuestro rancho nos mantenía bien ocupados y era bastante productivo. Aunque Ian y Kane hicieron los últimos contratos de ganado, era nuestro trabajo —de Simon, Rhys y mío— comprar un semental para mejorar la ya línea de sangre superior de los caballos de Bridgewater. Uno de nuestros objetivos era lograr la raza de los caballos más robustos, rápidos y mejores del territorio de Montana.

Al diablo con los caballos. Yo quería —no, necesitaba— saber quién era esta mujer. No podía dejar el baile sin escuchar su voz ni sentir su cintura bajo mi mano mientras bailábamos. Quería conocer su aroma.

—Invítala a bailar —dijo Rhys, acercándose a mi lado. No nos miramos el uno al otro, ambos mirábamos a la encantadora mujer que ahora mismo estaba sorbiendo limonada y hablando con otras dos mujeres. Las otras eran de la misma edad, tal vez de unos veinte años, pero ninguna de las dos despertó mi interés. Si me hubiera dado la vuelta y me hubieran preguntado sobre sus apariencias, dudo que pudiera haber garantizado una descripción justa. Era *ella* la que tenía mi atención.

Nos paramos en los bordes de la pista de baile, la música —dos violines, un acordeón y un piano— no era tan alta como para dificultar la conversación con los demás. Varios juegos de puertas estaban abiertos al aire fresco de la tarde y vi uno de sus rizos caprichosos moverse en la brisa.

Le eché un vistazo a Rhys. Era más alto que yo por una pulgada o dos, pero más delgado de complexión. Su cabello era tan oscuro como el de la misteriosa mujer, pero su piel era mucho más oscura por el tiempo que pasaba al aire libre y su tono natural. Podría parecer un hombre de Montana, pero no nació ni fue criado en el territorio, ni siquiera en los Estados Unidos. Él, así como nuestro otro amigo Simon, eran ambos del Reino Unido —Simon provenía de Escocia y Rhys de Inglaterra—. De hecho, el nombre del inglés con la extraña ortografía tenía la pronunciación simple de Reese. Por qué no se escribía como tal era otra anomalía británica que nunca pude comprender. Solo había que escuchar hablar al dúo para saber que eran extranjeros.

La mujer sonrió.

—No la encuentras...

No podía pensar en la palabra adecuada.

—¿Única? —preguntó Rhys—. Yo la encuentro única. —Eso era cierto. Ella era única y había capturado mi atención, y parecía que la de ellos también.

—Simon pensaría lo mismo si estuviera aquí en vez de estar en esa reunión —dijo.

Estábamos aquí en Helena para la compra del caballo, no por un baile, pero como se concertó que Rhys y yo permaneceríamos separados del arreglo, decidimos pasar nuestra ociosa tarde en el baile del pueblo.

—¿Reunión? Es una maldita partida de póquer.

—Los acuerdos comerciales se forjan con licor, mujeres y cartas.

—Puede que él tenga el licor y las cartas, pero nosotros tenemos a la mujer —dijo Rhys.

Él era el callado de los tres, un hombre de pocas palabras, pero cuando hablaba esas palabras eran bien escogidas, y su aseveración fue correcta. Con solo mirar a esta belleza de cabello oscuro, estuve de acuerdo con facilidad.

Simon, el escocés, era más fuerza bruta que emoción y manejaba los tratos descarados con facilidad. Era algo bueno que no estuviera aquí, porque habría derribado a todos los que se interpusieran en su camino para llegar a *ella*, independientemente de si estuviese casada o de su inclinación o no hacia los hombres extranjeros. Este método quizás habría funcionado si no hubiéramos estado en un baile de pueblo; este ambiente requería delicadeza y él no era conocido por tenerla.

—Ella no ha estado con un hombre específico la mayor parte de la noche, así que no creo que la pretendan —comenté, colocando las manos en los bolsillos de mis pantalones. Ningún hombre mantuvo su atención por mucho tiempo. Su sonrisa, que ahora era revelada gratuitamente a las mujeres con quienes estaba, era ofrecida a los hombres con moderación, y solo de manera cortés. Aunque no alzaría a una mujer y la arrojaría por encima de mi hombro como un cavernícola reclamando a su pareja, no tenía ninguna intención de quedarme de brazos cruzados y ver cómo se me escurría entre los dedos como si fuera arena. La banda terminó una canción con aplausos dispersos y aproveché la oportunidad que se me presentó. Me acerqué a ella con la mirada fija, y cuando me vio venir, fue como si estuviera atrapada en una telaraña, incapaz de mirar hacia otro lado o moverse. Las mujeres que la acompañaban seguían hablando, pero ella había perdido su atención a cambio de la mía.

Cuando me detuve a su lado, las otras señoritas dejaron de parlotear y las tres inclinaron la cabeza hacia atrás para mirarme, pues yo era bastante más alto que todas ellas. Las saludé asintiendo con la cabeza, pero mantuve mi mirada fija en *ella*.

—¿Me concedes este baile?

La banda comenzó a tocar una nueva melodía y las parejas se trasladaron a la pista. No queriendo darle la oportunidad de que dijera que no, tomé su mano con la mía y la llevé a un lugar abierto. Tal vez fuera algo cavernícola después de todo. Su piel estaba caliente, sus dedos tomaban los míos. Volviéndome para mirarla, me acerqué y puse mi mano libre sobre su cintura para comenzar nuestro baile. Encajaba en la delicada curva de allí, mi dedo meñique se encastró contra el hueso acampanado de su cadera, mis dedos largos casi tocaban las ondulaciones de su columna vertebral. Podía sentir las trenzas rígidas de su corsé y deseaba en lugar de eso poder conocer la sensación de su suave carne.

—Mi nombre es Cross —dije mientras la guiaba por la pista de baile. Los pasos no eran complejos y necesitaban poco o nada de coordinación en cuanto al movimiento, lo que estaba bien, porque mi atención estaba concentrada exclusivamente en ella.

Sus ojos habían estado puestos en su mano sobre mi hombro, pero luego me miró fijamente.

—Me llamo Olivia. Olivia Weston.

## ¡RECIBE UN LIBRO GRATIS!

Únete a mi lista de correo electrónico para ser el primero en saber de las nuevas publicaciones, libros gratis, precios especiales y otros premios de la autora.

http://vanessavaleauthor.com/v/ed

## ACERCA DE LA AUTORA

Vanessa Vale es la autora más cotizada de *USA Today*, con más de 60 libros y novelas románticas sensuales, incluyendo su popular serie romántica "Bridgewater" y otros romances que involucran chicos malos sin remordimientos, que no solo se enamoran, sino que lo hacen profundamente. Cuando no escribe, Vanessa saborea las locuras de criar dos niños y averiguando cuántos almuerzos se pueden preparar en una olla a presión. A pesar de no ser muy buena con las redes sociales como lo es con sus hijos, adora interactuar con sus lectores.

Facebook: https://www.facebook.com/vanessavaleauthor
Instagram: https://www.instagram.com/vanessa_vale_author

www.ingramcontent.com/pod-product-compliance
Lightning Source LLC
LaVergne TN
LVHW011834060526
838200LV00053B/4015